小王子

Le Petit Prince

安東尼‧聖修伯里（Antoine de Saint-Exupéry）◎著
張譯◎譯

高寶書版集團

小王子：兒童的小天書，大人的童年回憶

　　王子公主的故事，往往是童話中常出現的主題，但《小王子》卻是一則另類的童話故事：小王子，一個孩子，周遊列國，並非尋找愛情和幸福，反而是離開他心愛的玫瑰，去追尋一個理想，頗有唐吉軻德的態勢。雖然大人們非常奇怪，不過，他還是結交了好朋友——狐狸和飛行員；尤其是，狐狸在一般人眼裡，是個狡猾的壞傢伙，但在故事中卻是位益友，顛覆了大家原先的刻板印象。

　　再者，童話故事中，往往以「三」為準：許三個願望、遇到三個人、發生三次危險……這不是《小王子》的風格。童話的結局也往往是好心有好報、壞人終遭懲罰；王子公主有情人終成眷屬，過著幸福快樂的日子……但小王子卻沒有和象徵愛情的玫瑰結婚，令讀者油然而生淡淡哀愁。

　　小蛇曾對他說過：「我可以助你一臂之力，要是有一天你想念你自己的行星的話，我可以……」、「我能比一條船把你送得更遠。」（第十七章）這對兒童而言，確實沉重了些，不過對成人讀者而言，這除了讓人感傷童年消逝外，又能從中感到童稚的可貴，藉以重新回顧與審視人生的意義。作者並未明著指責或教訓凡夫俗子們，卻藉著小王子之口，表達對成人世界的一些不滿：反戰爭、反衝突、反自私、反

以貌取人……並指出人生幸福快樂的真諦。就讓我們隨著小王子進行一場奇幻的星球之旅吧！

小王子所造訪的第一個星球上住了一位國王。所謂的國王，就是唯我獨尊的人，除了自己以外，其他人都是他的部屬，就連小王子打個呵欠都得經過他的許可；但他的星球小得不得了，光是那件黃鼠狼袍就快把它占滿了，他卻自詡為全宇宙的君主。那位國王甚至想利誘小王子當部長、駐外大使，目的只是讓自己能夠發號施令而已，這並非小王子喜歡的地方，於是他選擇離開。

第二顆到達的行星上住了一個自負且虛榮的人，他一見到小王子，竟認為是仰慕者來了，並要求小王子不斷鼓掌讚美他。唯一比國王有趣的，是他會舉起帽子答禮。但這個機械性的動作久了也會令人生厭，小王子自然掉頭就走。

第三顆行星上住的是個酒鬼，小王子不明就裡地問他在幹嘛？為何喝酒？想忘記什麼？酒鬼喃喃地表示，他喝酒是為了要忘記，忘記酗酒的羞恥……這種惡性循環的生活方式，小王子也無法苟同，於是決定離開。

第四顆行星屬於一位企業家，他目中無人，滿腦子都是數字，以為不斷地演算加法便可致富，發財後可以買下其他星球，而且先搶先贏！得手後，再將字據鎖在抽屜裡就可以了……其實企業家不比酒鬼高明，他也同樣陷入永無止境的輪迴，小王子同樣失望地離去。

到此為止，小王子對這些人的評語都是「那些大人果然一個比一個奇怪」。在兒童的眼裡，大人們那些好名逐利的價值觀，遠不如友情、愛情可貴。

　　小王子拜訪的第五座行星是最小的一座，上面住了一個點燈人，這是目前為止，他認為唯一可以交朋友的一位，因為他替別人點燈，而非自私自利，只考慮自己。但點燈人雖然遭逢星球運轉加速的變化，卻仍然墨守成規、盲目服從，這也不是小王子所能接受的。

　　第六顆行星大多了，上面住了位地理學家，小王子起初欣喜地認為自己終於遇上了一名學有專精的人，但地理學家原來只是個光說不練、紙上談兵的假探險家，且對「朝生暮死」的玫瑰花抱以輕蔑的態度，僅對一成不變的山、河有興趣。這個食古不化的人再次傷了小王子的心，於是他踏上了第七顆行星，也就是地球。

　　從第十六章到第二十三章，小王子在地球上遇到了各形各色的人、事、物。小王子最初掉落地球表面的地方竟然是杳無人煙的非洲沙漠，迎接他的則是一條有著月光色澤的金蛇。小蛇讓他知道，在人群中不見得比在沙漠裡不寂寞，而細小無腳的蛇比國王的手指還厲害。牠好像一位先知，言語中充滿了謎。後來經過千山萬水，小王子終於走到有人居住的地方，看到了一座玫瑰花園，只是那些玫瑰再美麗，也比不上他曾日夜灌溉的那朵玫瑰。就在小王子最脆弱的時候，出現了一隻狐狸，牠想跟小王子「建立關係」，藉由每天同時、同地相見與接近，產生互信，因為「世上沒有買得到友誼的商店」。這個章節（第二十一章）可說是《小王子》全書中最感人、最富哲理的片段。

　　飛行員是小王子在此唯一的人類朋友，而且是大人，最主要的原因就是他童心未泯。他為小王子畫了隻在箱子裡的綿羊、相信人生最重要的東西是看不見的，這和他童年所畫的蛇吞象圖（卻被大人誤為帽子）有異曲同工之妙，也和狐狸的想法不謀而合。在荒漠尋找甘泉的歷程，也讓兩人培養了革命情感。最後雖然找到井水了，小王子卻不得不和飛行員告別，原來，那隻溜進沙堆的金蛇，就是來「送小王子回家」的……事隔多年，作者內心仍深藏著某分傷感，他期盼有朝一日小王子能再回來。

　　據說，《小王子》是除了聖經以外，最為暢銷的書籍，廣譯成一百八十種語言，稱得上人類共同的文化資產。截至目前為止，臺灣已出現五十多種繁體中文譯本，其中還包括由日文或英文轉譯為中文者，甚至尚有客語版本！稱《小王子》為「法國二十世紀文學聖經」並不為過，且任何一個章節都蘊藏著人生哲理，啟迪讀者省思：那些膚淺的大人心中認為有用的事物，往往是小王子眼中最沒有價值的玩意兒。

　　我們內心深處其實都存在著一個小王子，只是他似乎一直沉睡著。聖修伯里除了與讀者分享在寂寞的飛行旅程中所悟出的道理，還展現個人繪畫長才，簡單幾筆，彩繪印象。一幅孤星伴隨小王子斜臥沙漠圖，彷彿像是在對讀者揮手道別，期待後會有期……

阮若缺　政大歐語學程教授

聖修伯里作品集

《南方航線》（*Courrier sud*）

《夜間飛行》（*Vol de nuit*）

《風沙星辰》（*Terre des hommes*）

《飛向北方》（*Pilote de guerre*）

《致一位人質的信》（*Lettre à un otage*）

《小王子》（*Le Petit Prince*）

《沙漠的智慧》（*Citadelle*）

《戰時書寫》（*Écrits de guerre, 1939–1944*）

小王子
LE PETIT PRINCE

獻給

李昂‧偉爾特

我要請所有的孩子原諒我將這本書獻給一位大人。我有一個
非常重要的理由：這位大人是我在這個世界上最好的朋友。
我還有另一個理由：這位大人能理解一切，就連寫給孩子的
書也一樣。我還有第三個理由：這位大人此刻住在法國，過
著飢寒交迫的日子。他很需要安慰。若是這些理由仍不夠的
話，那麼我想，將這本書獻給這位大人曾經當過的小孩。
因為所有的大人都曾經是小孩（只是很少有大人記得這件
事）。所以我把獻詞改成：

獻給李昂‧偉爾特
當他還是小男孩的時候

To Leon Werth

I ask the indulgence of the children who may read this book for dedicating it to a grown-up. I have a serious reason: he is the best friend I have in the world. I have another reason: this grown-up understands everything, even books about children. I have a third reason: he lives in France where he is hungry and cold. He needs cheering up. If all these reasons are not enough, I will dedicate the book to the child from whom this grown-up grew. All grown-ups were once children—although few of them remember it. And so I correct my dedication:

To Leon Werth, when he was a little boy.

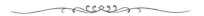

À Léon Werth

Je demande pardon aux enfants d'avoir dédié ce livre à une grande personne. J'ai une excuse sérieuse : cette grande personne est le meilleur ami que j'ai au monde. J'ai une autre excuse : cette grande personne peut tout comprendre, même les livres pour enfants. J'ai une troisième excuse : cette grande personne habite la France où elle a faim et froid. Elle a bien besoin d'être consolée. Si toutes ces excuses ne suffisent pas, je veux bien dédier ce livre à l'enfant qu'a été autrefois cette grande personne. Toutes les grandes personnes ont d'abord été des enfants. (Mais peu d'entre elles s'en souviennent). Je corrige donc ma dédicace :

À Léon Werth, quand il était petit garçon.

1

六歲時，有一次，我在一本關於原始森林的書上看到一幅壯觀的圖畫，那本書叫做《真實故事集》。那張圖上畫得是一隻正在吞食野獸的蟒蛇。

書上說：「蟒蛇不經咀嚼，就吞下整隻獵物。然後蟒蛇就再也動不了，牠會睡上六個月，來消化肚子裡的東西。」

於是我想了很多關於叢林冒險的事，然後輪到我來作畫
了。我成功地用一枝彩色鉛筆畫下了我的第一張畫。我的第
一號畫作。看起來就像這樣：

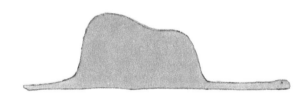

我把我的傑作拿給大人看，問他們：我的畫會不會嚇到
他們？

他們回答我：「一頂帽子有什麼好怕的？」

我的畫並不是一頂帽子。

我畫的是一隻正在消化大象的蟒蛇。於是我把蟒蛇的內
部畫出來，好讓大人可以理解我的意思。大人總是需要解
釋。我的第二號畫作就像這樣：

　　大人建議我把那些畫作丟在一旁，不管畫得是蟒蛇的內部，還是外部。然後，要我把注意力放在地理、歷史、算數和文法上。就這樣，我在六歲時，就放棄了畫家這份美好的職業。第一號和第二號畫作的失敗，讓我感到心灰意冷。大人從來不靠自己去理解任何事情，而那樣對孩子來說是很累人的，必須每次都要一再地向他們解釋。

　　因此，不得不選擇另一項職業，我學會了開飛機。我差不多飛遍了世界各地。

　　地理確實對我幫助很大。只要看一眼，我就能分辨出中國和亞歷桑納州。若是在夜間迷失了方向，懂地理真的非常有用。

　　就這樣，一生當中，我曾經和一大堆正經八百的人有過一大堆的接觸。我和大人相處過很長一段時間。我相當仔細地觀察他們。我對他們的觀感卻沒有任何改善。

　　每當遇見一位看似有點明理的大人時，我就會拿出一直保存在身邊的第一號畫作，用在他身上做實驗。我想知道，他是不是真的善解人意。但得到的答案都一樣，「這是一頂帽子。」於是我便不會和他談論蟒蛇、森林或星星。我會遷就他的理解力，和他談論橋牌、高爾夫球、政治，還有領帶。而那位大人也很高興，能結識到一位這麼通情達理的人。

2

　　就這樣，我一個人過著孤單的生活，沒有能說知心話的對象。直到六年前，在一次撒哈拉沙漠中碰到飛機故障為止。我的飛機引擎裡有東西壞掉了。然後因沒有技師，又沒有乘客與我同行，只好獨自一人著手嘗試艱難的修理工作。對我而言，這是攸關生死的大事。帶的水勉強只夠我喝上八天。於是第一天晚上，我睡在沙地上，在任何人煙的千哩之外。當時的我比一個乘木筏在大海上漂流的船難倖存者，還要與世隔絕。所以各位可以想像，天亮時分，當我被一個奇特而細小的聲音喚醒，會有多麼驚訝。那個聲音說：

　　「拜託您……畫一隻綿羊給我！」

　　「嗄？」

　　「畫一隻綿羊給我……」

　　整個人像是被雷打到般跳了起來。我用力地揉了揉眼睛，仔細一看，看見一個奇妙的小人兒，一本正經地注視著我。這是我為他畫得最好的一張畫像。不過我的畫當然遠不及他本人可愛。但這點不能怪我，誰要大人在我六歲時就讓我對我的繪畫事業感到心灰意冷、讓我從此再也沒學會畫下任何東西，除了蟒蛇的內部圖和外部圖之外。

　　我驚訝地瞪大了眼睛，望著這個突然冒出來的人兒。各位不要忘了，我當時置身於距任何人煙千里之外的地方。然

我看到一個非常嬌小的人一本正經地盯著我。
當然，他本人比我的畫來得好看多了。

而這個小人兒，在我看來既不像迷路，也不像快要累死、餓死或渴死的樣子，更不像怕得要死。他的外表一點都不像是個迷失在距任何人煙千里之外沙漠中的孩子。當我終於能說得出話來時，我問他：

「可是……你在這裡做什麼啊？」

他卻又緩緩地像在說一件很嚴肅事情般，重複說道：

「拜託您……畫一隻綿羊給我……」

當人們在面對一件太過震撼的神祕事件時，往往不敢違抗。正如各位所理解的，儘管身處在千里之內杳無人煙的沙漠，有瀕臨死亡的風險，我還是從口袋裡掏出了一張紙和一枝筆。不過我隨即想到，我只學過一點點地理、歷史、算數和文法，所以告訴那個小人兒（而且還有點生氣），我不會畫畫。他馬上回答：

「沒關係，你只要畫一隻綿羊給我就好了。」

我從來沒畫過綿羊，於是我畫了我唯二知道怎麼畫的圖——蟒蛇的外部圖。然而這個小人兒的回答讓我非常驚訝。

「不，不！我不要一隻吞了大象的蟒蛇。蟒蛇太危險了，大象又太占空間。我住的地方非常小。我只需要一隻綿羊，畫一隻綿羊給我吧！」

於是我畫了。

他仔細地看著，然後說：

「不行！這隻病得很重。再畫一隻吧！」

我又畫了一隻。

　我的朋友給了我一個和善、縱容的微笑。

　「你自己看清楚……這不是一隻綿羊，這是隻公羊。牠還長角呢……」

　所以我又再畫了一遍。

　但就和前面幾張一樣，他仍然拒絕接受。

　「這隻太老了，我要一隻可以活很久的綿羊。」

　於是我失去耐心了，我還得趕快動手拆掉我的引擎呢，於是隨手亂畫下這張圖。

　然後對他說：

「這個是箱子，你要的綿羊就在箱子裡。」
我驚訝地看著這位年輕裁判的臉上亮了起來。
「這樣子正是我想要的！你覺得綿羊需要很多草嗎？」
「為什麼問這個？」
「因為我住的地方非常小。」
「一定夠的。我畫給你的是一隻很小很小的綿羊。」
他把頭湊近那張畫。
「牠才沒你說的那麼小呢⋯⋯ 你看！牠睡著了⋯⋯」
我就是這樣認識了小王子。

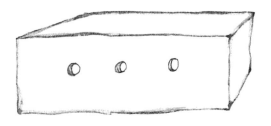

3

　　光是要了解他來自何方，就花了我好長一段時間。小王子也問了我許多問題，不過他似乎對我問的問題充耳不聞。話雖如此，我還是從他有一搭沒一搭的隻字片語，了解到所有事情。比如說，第一次看見我的飛機時（我不會把飛機畫出來的，那對我來說太複雜了），他問我：

　　「這是什麼東西？」

　　「它不是東西，它會飛，是一架飛機，我的飛機。」

　　我很驕傲地讓他知道，我會開飛機，接著他大叫起來。

　　「什麼？你是從天上掉下來的！」

　　「沒錯。」我含蓄地回答。

　　「喔，真好玩……」

　　小王子發出可愛的笑聲，但他的笑聲卻大大激怒了我。我希望別人能認真看待我的不幸。

　　接著他又說：

　　「所以，你也是從天上掉下來的嘍？你是哪個星球來的？」

　　想到他神祕的出現，我靈機一動，於是直接問他：

　　「你是從別的星球來的？」

　　但他沒有回答，只是輕輕搖頭，眼睛一直盯著我的飛機。

「的確，坐在這東西上，你不可能從太遠的地方來……」

然後，他陷入沉思好長一段時間。接著，從口袋裡掏出我畫給他的綿羊，專心凝視起他的寶貝。

各位可以想像，「別的星球」這句話讓我感到無比的好奇。所以我努力地想要多知道點。

「你是從哪裡來的，我的小人兒？『你住的地方』是哪裡？你要把我的綿羊帶到哪裡去？」

他默默地想了一會兒才回答我：

「你給我的這個箱子還有一個好處，晚上可以讓綿羊當房子住。」

「那當然，如果你人很好，我還會給你一條繩子，白天時可以把綿羊拴起來。我還會給你一根木椿。」

這個建議似乎讓小王子很震驚。

「把羊拴起來？多麼奇怪的想法！」

「可是如果你不把牠拴起來，牠就會到處亂跑，然後牠會走丟……」

我的朋友再度大笑。

「牠能跑到哪去？」

「任何地方都有可能啊，只要一直往前跑⋯⋯」

於是小王子很認真地說道：

「沒關係，我住的地方是那麼的小。」

然後，他又說了句話，聽起來有些感傷。

「就算一直往前跑，也沒辦法跑多遠⋯⋯」

4

因為這樣，我才得知了另一件重要的事：小王子所住的星球竟然和一間房子差不多大！

我並不特別感到意外，除了像地球、木星、火星、金星這些人們已經命名的大行星外，還有幾千幾萬顆小到就算用望遠鏡也很難看到的小行星。當某位天文學家突然發現其中一顆小行星時，他通常會給它一個編號當作名字。比方說，他會將它命名為「325 號小行星」。

我有充分的理由相信，小王子是來自於 B612 號小行星。過去，只有一位土耳其天文學家，曾在一九○九年時以望遠鏡觀測到這顆行星一次。

他當時曾在國際天文學會上提出一篇正式報告，說明他的重大發現。但就因為他穿著土耳其服裝，所以沒人相信他。大人就是這樣子。

幸好，由於 B612 號行星出現的緣故，使得當時土耳其的獨裁君主下令，要他的子民全都

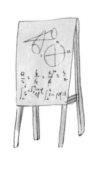

穿上歐洲風格的服裝，否則要判處死刑。一九二○年，當初那位天文學家穿上優雅的服裝重新提出他的報告，這次，所有人都相信他。

　　我之所以告訴你們有關 B612 號行星的細節和編號，是因為大人的緣故。大人都喜歡數字。當你向他們提到新朋友的事情時，他們不會問你真正重要的問題。他們從來不會問：「他的聲音聽起來如何？」「他最喜歡什麼遊戲？」「他收集蝴蝶嗎？」他們會問：「他幾歲？」「他有幾個兄弟姊妹？」「他的體重多重？」「他爸爸賺多少錢？」只有這麼做，他們才覺得自己認識這個人。如果你告訴大人：「我看到一幢漂亮的粉紅色磚頭蓋得房屋，窗邊有天竺葵，屋頂上還有鴿子……」他們根本無法想像這是怎樣

小王子來自 B612 號星球。

的一幢房子。你得告訴他們：「我看到一幢價值十萬法郎的房子。」然後他們才會驚訝地說：「多漂亮的房子啊！」

　　所以，假如你告訴他們：「小王子存在的證據就是他很可愛、他會笑，而且他還想要一隻綿羊！當有個人想要一隻綿羊時，就是這個人存在的證明。」他們只會聳聳肩，把你當成小孩子看待。但是如果你告訴他們：「他來自 B612 號小行星。」他們就會深信不疑，不會再拿其他問題來煩你。大人就是這樣，不需要責怪他們。孩子們應該表現出對大人的極度寬容。

　　當然，對於我們這些了解人生真義的人而言，根本不在乎數字。我很想用童話故事的方式為這個故事開場。我想說：

　　「很久很久以前，有一位小王子，他住在一個比他自己大不了多少的星球上，他需要一個朋友……」

　　對任何了解人生真義的人來說，這樣的敘述聽起來應該會比較真實吧。

　　因為我不希望別人用隨便的態度讀我的書。述說這些回憶對我而言，是非常難過的事。我的朋友帶著他的綿羊離去已經有六年了。我在這裡試著描述他的種種，是為了不要忘了他。忘記一位朋友是很悲傷的事，因為並不是每個人都有朋友。而且我有可能會變得像那些只對數字感興趣的大人。為此，我買了一盒顏料和幾枝鉛筆。到了我這個年紀，要重拾畫筆的確是件不容易的事，尤其對一個只在六歲時畫過蟒蛇外部圖和蟒蛇內部圖，就再也沒有嘗試其他繪畫經驗的人

而言！我當然會努力把他畫得像本人。只不過我不是很確定
自己能辦得到。只有一張還可以，另一張就不像了。我也有
點搞錯他的身高。這裡把他畫得太高。那裡又把他畫得太
矮。我對他衣服的顏色也不是很確定。於是我這邊修修、那
邊改改，盡我所能地畫了。我還是搞錯了某些重要的細節。
但是，請你們一定要原諒我。

　　我的朋友從來不解釋任何事情。也許是因為他以為我跟
他很像吧。不幸的是，我不知道該怎麼看見箱子裡面的綿
羊。也許我和那些大人有點像。我一定是老了。

5

　　我每天都能得知一些有關小王子那顆行星的事，關於他為何離開及旅途中經歷的事。這些都是他偶爾回想的時候一點一點地說出來的。因此我才會在第三天，知道猴麵包樹所帶來的慘劇。

　　這一次還是多虧了那隻綿羊，因為小王子突然一臉狐疑地問我：

　　「綿羊會吃掉灌木，這件事是不是真的啊？」

　　「對。是真的。」

　　「啊！我好高興！」

　　我不懂，為什麼綿羊會不會吃灌木有這麼重要。不過，小王子又問了：

　　「所以他們也會吃掉猴麵包樹嘍？」

　　我提醒小王子，猴麵包樹不是灌木，而是像教堂那麼高的樹，就算他帶來一整群大象也吃不完一棵猴麵包樹。

　　一群大象的想法讓小王子笑了出來。

　　「那麼應該把牠們一隻一隻疊起來……」

　　不過，他又很聰明地說了一句：

　　「猴麵包樹沒長大之前也是很小的。」

　　「一點都沒錯！可是為什麼你會希望綿羊吃掉小猴麵包樹呢？」

　　他竟回答：「喔！拜託！你知道的啊！」彷彿我們在討論的是件眾所皆知的事情。然而，為了明白其中的道理，我一個人苦思良久。

　　事情是這樣的，小王子住的星球其實和別的星球沒有兩樣，有好的植物也有不好的植物。好的種籽長出好的植物，不好的種籽長出不好的植物。但是光看種子是看不出來的。它們在土壤某個神祕的地方沉睡許久，直到某一天，其中一顆種籽突然醒過來。它像伸懶腰般探出頭來，先是怯生生地對著太陽探出一枝迷人的嫩芽。如果它是蘿蔔或玫瑰的嫩芽，可以讓它愛怎麼長就怎麼長。但如果它是不好的植物，就得在我們能夠辨認出來時，立刻把它拔掉。

　　話說，小王子所住的那顆星球上，有一些可怕的種籽……就是猴麵包樹的種籽。星球上的土壤已經受到它的危害。而猴麵包樹啊，要是我們太晚處理它，就永遠沒辦法擺脫掉它。它會長滿整顆星球。它的樹根會穿透星球。如果那原本就是顆小行星，然後如果猴麵包樹又太多，它們就會讓星球爆掉。

　　「這是紀律問題。」小王子接著跟我說，「每天早上梳

洗完畢，都應該仔細打掃自己的星球。必須要強制自己定期地拔掉猴麵包樹，在你有辦法從灌木中分辨出它們的時候，因為它們很小的時候長得很像灌木。這種工作雖然很乏味，但也很簡單。」

有一天，他建議我應該盡全力畫成一張最漂亮的圖，讓我居住的這顆星球上的孩子們都能清楚記得這件事。「如果有一天他們出去旅行，」他告訴我，「就對他們會很有幫助。有時候，把工作拖到後來再做還不要緊。但如果面對的是猴麵包樹，麻煩就大了。我知道有一顆行星上面住了一個懶鬼，他就曾經忽略了三棵猴麵包樹……」

於是，透過小王子的描述，我畫下了那顆星球。我不是很喜歡以道貌岸然的姿態對人說話。不過，因為太少人明白猴麵包樹的危險，一想到任何一個迷路到一顆小行星的人所可能遇到的災難，我不得不破例打破沉默。「孩子們！要小心猴麵包樹！」這麼做是為了提醒我所有的朋友，猴麵包樹所導致的危險。他們就像我一樣，長久以來完全不知道這回事，所以我才這麼努力地完成這張畫。如果我的畫可以告訴人們一些真相，那麼再麻煩都是值得的。

也許你們會問：為什麼這本書裡的其他圖畫，都沒有猴麵包樹這麼壯觀？答案很簡單：我試過了，但是我畫不出來。然而當我在畫猴麵包樹時，確實受到一種刻不容緩的情緒所驅動。

如果太晚注意到猴麵包樹，你就永遠沒辦法清除這種恐怖的植物，它會長
滿整顆行星，樹根還會鑿穿整顆星球。

6

喔，我的小王子，我終於開始慢慢了解，你小小生命中那總是揮之不去的憂傷了。有一段時間，你僅有的樂趣就是守著落日餘暉，享受那無人能知的寧靜與溫暖，這個祕密我是在第四天早上發現的，你對我說：

「我最喜歡黃昏了，走，我們一起去看夕陽吧……」

「可是，我們得等一等啊……」

「等什麼？」

「等太陽下山啊！」

一開始，你露出驚訝的表情，然後才自顧自地笑了起來。

接著，你告訴我：

「我還以為我在家呢！」

的確，大家都知道，美國日正當中的時候，法國的太陽正要西下。當然，如果你能在一分鐘之內飛到法國的話，就可以從正午直接跳到黃昏；可惜法國實在太遠了。然而，在小王子那小小的星球上，你只要挪動椅子就行了。只要你願意，任何時候都可以看到日落美景。

「有一天，我看了四十四次的夕陽！」

接著你又說：

「你知道的……當你覺得很悲傷的時候，不知道為什麼，會特別喜歡落日……」

「那麼，你看了四十四次夕陽的那天，一定覺得很悲傷嘍？」

小王子沒有回答。

7

第五天，還是多虧了綿羊，我才發現小王子生命中的另一個祕密。他沒頭沒腦地突然問了一個像是沉思許久的問題。

「如果綿羊會吃灌木，那牠也會吃花嗎？」

「綿羊會吃掉牠遇見的所有東西。」

「就連長了刺的花兒也一樣？」

「對，就連長了刺的花兒也一樣。」

「那麼那些刺，到底有什麼用？」

我哪裡會知道。當時我正忙著拆下引擎上一顆栓得太緊的螺絲釘。我憂心忡忡，因為我開始覺得飛機故障的很嚴重，而就要耗盡的飲用水讓我害怕起最糟的狀況。

「那些刺，到底有什麼用？」

小王子一旦提出問題，就會打破砂鍋問到底。偏偏我被那顆螺絲釘弄得心浮氣躁，所以沒多想就隨口回答：

「那些刺一點用也沒有，那些刺是花兒的純粹惡意！」

「喔！」

在一陣沉默過後，他忿忿不平地質問我。

「我不相信你說的話！花兒都很脆弱。她們很天真。她們會盡可能地保護自己。她們以為自己有了刺就可以嚇人了……」

　　我沒有回答。那時我正在想：「假如這顆螺絲釘再這麼頑固，我就要用鐵鎚把它敲掉。」

　　誰知小王子竟再次擾亂我的思緒。

　　「你真的相信那些花……」

　　「好了！好了！我什麼都不相信！我只是隨口回答而已，你沒有看到我在忙正事嗎？」他很驚愕地望著我。

　　「正事 ?!」

　　他看著我手裡拿著鐵鎚，指甲沾滿了黑漆漆的機油，整個人趴在一個在他看來十分醜陋的東西上。

　　「你說話就和那些大人一樣！」

　　這句話讓我心裡產生了一絲愧疚，但他又無情地加上一句：「你什麼都搞不清楚……你混淆一切！」

　　他看起來真的非常生氣。只見他拚命搖頭，一頭金髮在風中搖晃。

　　「我知道有顆星球上面住了一位紅臉先生。他從沒聞過一朵花、沒看過一顆星星，更沒愛過一個人。他除了算加法之外，什麼事也沒做過。他就和你一樣，只會整天不斷重複：『我有正事要做！我有正事要做！』然後這點讓他非常引以為傲。可是他根本不是人，他是個蘑菇！」

　　「是個什麼？」

　　「他是個蘑菇！」

　　小王子此刻氣得臉色發白。

　　「花兒長刺已經有幾百萬年了。同樣地，綿羊吃花也吃了幾百萬年。設法研究花為什麼要辛辛苦苦地長出這些沒用

的刺，難道不是正事嗎？綿羊和花之間的這場戰
爭，看起來不重要嗎？難道這件事沒有比那位紅
臉先生的加法更正經、更重要嗎？要是我認識一朵
世上獨一無二的花，而這朵花除了在我的星球上，其他地方
都不存在，卻在某天早上被一隻小綿羊在渾然不知情的狀況
下給一舉消滅了，這件事不重要嗎？」

　　他脹紅著臉接著說：

　　「如果一個人愛一朵在好幾百萬顆星星當中獨一無二
的花兒，那麼他只需要望著，他就會很快
樂。他會告訴自己：『我的花就在天邊
的某個地方……』但是，如果綿羊吃
掉了那朵花，這對那個人而言，就好
像所有的星星都突然熄滅。這件事情
難道不重要嗎！」

　　他再也說不下去了。他突然啜泣
起來。夜幕降臨，我放開了手裡的
工具。我不在乎我的鐵鎚、我的螺
絲釘，口渴或死亡。在一顆星星
上，就是我的星球——地
球上，有一位小王子需
要安慰！我把他抱在懷
裡。安撫他，對他說：
「你愛的那朵花不會有危
險的……我會給你的綿羊畫

個嘴套……我還會幫你的花畫一副圍網……我還會……」我不知道還能說什麼，覺得自己非常笨拙。我不知道該怎麼觸動他、去那裡把他找回來……眼淚的國度是那麼地神祕啊！

8

　　我很快就對小王子的這朵花有了進一步的認識。在小王子的星球上，一直都有些非常單純的花兒，通常只有一圈花瓣，她們既不占空間，也不會打擾到任何人。她們早上出現在草地上，到了晚上就凋謝了。可是有一天，一顆不知從哪飄來的種籽發了芽，小王子非常非常小心地盯著這株看起來與眾不同的嫩枝。也許是新品種的猴麵包樹。可是這棵灌木很快就停止生長，並開始準備開花。

　　小王子親眼目睹這朵巨大的蓓蕾誕生，總覺得有什麼奇蹟要發生，可是這朵花卻躲在她的綠色花房中不停地裝扮，好讓自己變美。她小心翼翼地挑選自己的顏色、緩緩地著裝、一片一片地調整花瓣。她不希望像罌粟花那樣全身縐巴巴地出門。她只想在最美的時候出現。對呀！她非常愛漂亮！於是她那神祕的梳妝打扮持續了一天又一天。然後到了某天早上，就在太陽升起的那一刻，她終於現身了。

　　只是，她明明慢工出細活地妝扮了那麼長的時間，竟然打著呵欠說：

　　「啊！我才剛剛醒來⋯⋯請您見諒⋯⋯我還沒梳好頭呢⋯⋯」

　　當時小王子情不自禁地表

示了他的讚美。

「妳真是美啊！」

「可不是嗎？」那朵花輕輕地回答，「我是和太陽同時出生的……」

小王子早就料到她不會太謙虛，但她是那麼動人！

不久，她又說：「我想現在應該是吃早餐的時候，是不是可以請你好心為我……」

於是萬分尷尬的小王子去 找來了一澆花壺的清水，為花兒服務。

就這樣，她很快便在有點多疑的虛榮心作祟下折磨起小王子。譬如有一天，談到她那四根刺時，她告訴他：「那些有爪子的老虎，儘管讓牠們來吧！」

小王子反駁道：「我的星球上沒有老虎，更何況老虎又不吃草。」

「我又不是草。」那朵花柔聲地回答。

「對不起……」

「我根本不怕老虎，但是我怕風。你有沒有屏風啊？」

「怕風……對一株植物而言

還真是不幸啊。」小王子發現了這一點。「這朵花還真複雜⋯⋯」

「晚上你就把我用玻璃罩子罩起來吧。你這裡好冷。真是選錯了地方。我原來住的地方啊⋯⋯」

但她忽然閉嘴不說了。因為來這裡時，她還只是顆種籽，根本不可能見識過其他的地方。她感到丟臉，因為她在正打算說出如此天真的謊言時被人識破。她咳了兩、三聲，好將過錯歸在小王子身上。

「我的屏風呢？」

「我正要去找，但妳一直跟我說個不停！」

她硬是又咳了幾聲，好讓他更愧疚。

就這樣，儘管小王子的愛充滿善意，卻很快地懷疑起她來。因為他把一些不重要的話看得太認真，於是變得非常不快樂。

有天，他向我坦言：「當時我不該聽她的，永遠都不應該聽花兒的話。只要觀賞她們、聞聞她們的香味就好了。我的花兒讓我的星球充滿了香氣，但我不懂得樂在其中。那個關於爪子的故事原本應該是為了要打動我的，卻讓我那麼生氣……」

他又坦誠地告訴我：

「當時我一點也不知道該如何去看懂一件事！我應該根據她的行為而不是根據她的話來判斷她。她帶給我芬芳，又帶給我光彩。我不該這樣說走就走！我應該要猜到她那些可憐的詭計背後所蘊藏的柔情。花兒天生就是這麼矛盾！只是當時我太年輕，不知道該怎麼去愛她。」

9

　　我相信他的逃離是得到一群遷徙候鳥的幫忙。出發那天早上，他把他的星球整理得有條不紊，他仔細地打掃了他的活火山。他擁有兩座活火山，早上用來熱早餐可是挺方便的。他還擁有一座死火山。不過就像他所言：「天下的事很難說！」所以他還是把那座死火山打掃得乾乾淨淨。要知道，如果有人好好打掃，火山就會規律地緩緩燃燒，而不致爆發。火山爆發和煙囪噴火是一樣的。顯然，在我們的地球上，因為我們太小了，所以無法親自打掃那些火山，這也就是為什麼火山會給我們帶來一大堆麻煩了。

　　小王子有些憂鬱地拔掉了最後幾根猴麵包樹的幼苗。他相信自己應該不會再回來了。可是那天早上，這些熟悉的工作，突然讓他覺得萬分幸福。於是，當他最後一次為那朵花澆水、並準備為她罩上玻璃罩時，他發現自己忍不住要哭了。

　　「再見了！」他對花兒說。

　　但是花沒有回答他。「再見了！」他又說了一次。

　　那朵花咳了一下，但不是因為著涼。她對他說：

　　「之前是我太傻了，請

你原諒我。請務必要快樂起來！」

　　小王子很驚訝，因為她竟然沒有責備他。他拿著玻璃罩愣在那裡，無法了解這份平靜的溫柔。

　　花兒對他說：「沒錯，我愛你。但你完全不曉得這點，那是我的錯。不過，這些一點也不重要。之前你也和我一樣傻。請務必要快樂起來……別管這個玻璃罩了。我再也不需要它了。」

　　「可是，風……」

　　「我的感冒沒那麼嚴重……夜晚的涼風對我是有好處的。我是一朵花啊。」

　　「可是那些動物和蟲……」

　　「假如我想和蝴蝶交朋友，就得要忍受兩、三隻毛毛蟲。蝴蝶好像很美呢！否則會有誰來拜訪我？你就要遠離了。至於那些大的動物，我一點也不害怕。因為我有我的爪子啊。」

　　於是，她天真地把四根刺展示出來，然後又說：

　　「不要這樣拖拖拉拉的，這樣很煩人的。你既然決定要走，就走吧！」

　　因為她不希望小王子看到她流淚。她是一朵非常非常驕傲的花啊……

出發那天早上，他把他的星球整理得有條不紊，他仔細地打掃了他的活火山。

10

他來到 325 號、326 號、327 號、328 號、329 號和 330 號小行星的區域。於是他開始拜訪這些小行星，好找點事做，也順便增廣見聞。

第一顆星球上，住了一位國王。國王穿了一件絳紅色貂皮大衣，坐在一張簡單卻十分有威嚴的寶座上。

「啊！這裡來了一位部下。」看到小王子時，國王叫了起來。

小王子心想：「他怎麼會認識我？他從來沒見過我呀！」

他不知道從國王的角度來看，這個世界非常的簡單。除了他自己，所有的人都是他的部下。

國王說：「靠近一點，好讓我可以把你看個仔細。」這位國王因為終於能夠當別人的國王，感到非常驕傲。

小王子四處張望，想找個可以坐下的地方，可是整個星球都被國王那件華貴的貂皮大衣給占滿了。可憐的他只能站在那裡，但他實在太疲倦，所以打了一個呵欠。

國王對他說：「在國王面前打呵欠是很不禮貌的，我不准你這麼做。」

「我實在沒辦法控制自己，」小王子尷尬地說，「我長途跋涉了好長一段時間，才到這裡，一路上都沒睡覺……」

國王對他說：「好吧，那我命令你打呵欠。我已經好幾年沒看過人家打呵欠了，打呵欠對我來說太新奇了。來啊！
再打一個呵欠。這是命令。」

「這樣讓我好為難啊……我打不出來了……」小王子紅
著臉說。

「好吧，好吧！」國王回答，「那麼我……我命令你有
時打呵欠、有時……」

國王嘟囔了一會兒，顯得不太高興。

因為國王向來希望他的權威受到尊敬，最受不了人家違
背他。他是位專制的君主，但他也是個和善的人，他發布的
命令都很合情合理。

他常常說：「假如我下令一位將軍變成一隻海鳥，而那
位將軍不服從的話，那不是將軍的錯，而是我的錯。」

「我可以坐下嗎？」小王子怯生生地問道。

「我命令你坐下。」國王回答他，還威風凜凜地拉起他
那件貂皮大衣的一角。

小王子不禁感到驚訝。這顆星球小得不能再小，這位國
王到底能統治什麼？

於是他問：「陛下…… 我想請您原諒我問一個問
題……」

「我命令你問我問題。」國王連忙說。

「陛下……您都在統治些什麼啊？」

「一切。」國王簡潔有力地回答。

「一切？」

國王莊重地用手勢指了指他的星球、其他的星球，還有

所有的星星。

「您統治這一切？」小王子問。

「我統治這一切⋯⋯」國王回答。

因為他不只是個專制君主，同時也是整個宇宙的君主。

「那些星星都服從你嗎？」

「當然啦，」國王告訴他，「它們會馬上服

從。我不能忍受不守紀律。」

這麼大的權力讓小王子嘆為觀止。如果他也擁有這麼大

的權力，那他就可以在一天之內不只看四十四次日落了，而

是七十二次，甚至一百次、兩百次，而且還不必挪動他的椅

子！小王子因為不經意想起那個被他遺棄的行星，忽然覺得有點傷感，於是鼓起勇氣向國王提出一個請求。

「我很想看日落……請讓我如願以償……命令太陽下山吧……」

「假如我命令一位將軍像蝴蝶般從一朵花飛到另一朵花，或是寫一齣悲劇，或是乾脆變成一隻海鳥，而那位將軍竟然沒有執行我的命令，你說這是我們哪個人的錯？是他，還是我？」

「您的錯。」小王子肯定地說。

「這就對了嘛！」國王回答，「沒有人可以強人所難，權威必須建立在道理之上。假如你命令你的子民去跳海，他們不造反才怪。我之所以有權要求別人服從，就是因為我的命令通常都很合理。」

「這樣說來，那我的日落呢？」要記得，小王子一旦問了問題，就不會輕易忘記。

「你當然可以看到你的日落，我會為你辦到的。但一定要按照我的統治邏輯，我要等到條件情況允許時才會著手。」

「那是什麼時候？」小王子問。

「嗯……」國王開始翻閱一本厚厚的日曆。「嗯……日落將在接近……接近……日落將在今天晚上接近七點四十分的時候出現！你將看到我的命令被好好地執行。」

小王子打了一個呵欠。他惋惜自己看不到那場日落。他隨即覺得有些無聊了。

「我在這裡沒事可做，」他對國王說，「我要走了！」

「不要走，」國王回答，他好驕傲能夠擁有一位部下。「不要走，我讓你做部長！」

「什麼部長？」

「……司法部長！」

「但是這裡沒有人可以審判呀！」

國王對他說：「你怎麼知道呢？我還沒巡視過我的王國。我很老了，這裡沒位置放馬車，而我又怕走路會累。」

「喔！可是我已經看過了，」小王子邊說邊側身朝星球的另一邊看了一眼。「那邊一個人也沒有……」

國王回答他：「那麼，你就自己審判自己好了。這是最難的一種挑戰。審判自己比審判別人要難得多。假如你能好好地審判自己，並審判出一個結果，那你就是一個真正有智慧的人。」

小王子說：「我啊，不管在任何地方都可以審判自己。但我不需要住在這裡啊。」

「好吧，好吧！」國王說，「我相信我星球上的某個地方有一隻老老鼠，我在夜裡聽過牠的聲音。你可以審判這隻老老鼠。你可以偶爾判牠死刑。這樣牠的生殺大權就操在你手上。不過，你每次都要想辦法赦免牠，因為我們這裡恐怕只有牠這麼一隻老老鼠。」

「我啊，」小王子回答，「我才不喜歡判死刑呢，我確信我要走了。」

「不！」國王說。

可是小王子下定決心要離開，但他不想傷老國王的心，他說：

「假如陛下希望我服從您的話，就立刻對我下一個合理的命令吧。譬如說，陛下可以命令我在一分鐘之內離開，我會覺得這些條件棒極了……」

國王沒有回應，小王子猶豫了片刻，嘆口氣就走了。

「我任命你做我的駐外大使。」國王連忙喊道。

他擺出一副威風凜凜的樣子。

「唉，大人真的好奇怪啊。」整個旅途中，小王子不停對自己這麼說。

11

第二顆星球上，住了一個愛慕虛榮的人。

「啊！啊！有位仰慕者來拜訪我嘍！」那個愛慕虛榮的人，大老遠看到小王子，就忍不住叫了起來。

在一個愛慕虛榮的人眼裡，其他人都是仰慕他們的人。

小王子說：「您好，您有一頂很奇怪的帽子。」

「這個是拿來行禮用的。」愛慕虛榮的人回答，「當有人為我喝采時，這頂帽子就可以向他還禮，可惜從來沒有人從這裡經過。」

「啊！真的啊？」小王子完全不懂這個人在說什麼。

「不然請你拍個手。」愛慕虛榮的人於是建議他。

小王子真的拍起手來。

只見那位愛慕虛榮的人優雅地舉起帽子答禮。

「這個比剛才拜訪國王好玩多了。」小王子心想。然後他又繼續鼓掌。那位愛慕虛榮的人繼續舉起帽子答禮。

進行了五分鐘之後，小王子開始對這個遊戲的單調感到無聊。

「要怎樣做才能讓帽子落下來呢？」

可是愛慕虛榮的人沒聽到，他一向只聽得到讚美的話。

「你真的那麼仰慕我嗎？」他問小王子。

「『仰慕』是什麼意思？」

「『仰慕』的意思，就是『承認我是這個星球上最英俊、穿得最考究、最富有也最聰明的人。』」

「可是你的星球上只有你一個人呀！」

「拜託不要掃我的興。還是仰慕我吧！」

小王子聳聳肩說：「我仰慕你，可是這樣有什麼好讓你感興趣的？」

小王子說完後，轉頭就走。

「大人真的都好奇怪啊！」整個旅途中他都在喃喃自語。

12

　　下一顆行星，住了一個酒鬼。這次的拜訪時間很短，可是卻讓小王子陷入了深深的憂鬱。

　　「你在那裡幹什麼？」他看見那位酒鬼默默坐在一大堆滿的酒瓶和空的酒瓶前，於是問那位酒鬼。

　　「我在喝酒。」酒鬼滿臉愁容地回答。

　　「你為什麼要喝酒？」小王子問。

　　「為了要忘記。」酒鬼回答。

「要忘記什麼？」小王子邊問邊開始為他感到可憐。

酒鬼低下了頭坦言道：「忘記我的羞恥。」

「什麼羞恥？」小王子一心想幫他，所以繼續追問下去。

「我喝酒的羞恥！」話一說完，酒鬼就自我封閉在永久的沉默裡。

小王子百思不得其解地離開了。

「大人們真的非常非常的奇怪。」整段旅程中他都這樣告訴自己。

13

　　第四顆行星，屬於商人的星球。這位先生是那麼的忙碌，忙到連小王子抵達時，甚至沒有抬起頭來看一眼。

　　小王子對他說：「您好！您的香菸熄了。」

　　「三加二等於五，五加七等於十二，十二加三等於十五。你好。十五加七等於二十二，二十二加六等於二十八。我實在沒時間再點菸。二十六加五等於三十一。哈！一共是五億零一百六十二萬兩千七百三十一。」

　　「五億個什麼啊？」

「啊，你還在這裡？五億零一百萬……我記不起來……我的工作實在太多了！我是個正經八百的人啊，不會把時間浪費在閒聊上！二加五等於七……」

小王子再問了一次，「五億零一百萬個什麼啊？」他一旦提出問題，在沒得到答案之前，別想要他放棄。

商人抬起頭來。

「自從我住在這個星球五十四年來，只被打擾過三次。第一次已經是二十二年前的事了，是被一隻天曉得從哪裡掉下來的金龜子打擾。牠發出一陣很可怕的噪音，害我連續加錯了四個地方。第二次是在十一年前，我得了一場急性風溼症。誰叫我缺乏運動，又沒時間閒逛。因為我是個正經八百的人啊。第三次……就是現在這次！對了，剛才我說到五億零一百萬……」

「一百萬的什麼？」

這位商人清楚知道，他若沒有好好回答，別指望能落得清靜。

「就是我們有時候會在天空中看到的那些小東西。」

「蒼蠅嗎？」

「才不是呢，是一些閃閃發亮的小東西！」

「蜜蜂嗎？」

「不對。是些金光閃閃會讓遊手好閒的人胡思亂想的小東西。但我是個正經八百的人啊，沒時間胡思亂想。」

「啊！是星星？」

「沒錯，就是星星。」

「你拿這五億零一百萬顆星星做什麼呢？」

「是五億零一百六十二萬兩千七百三十一顆星星。我是個正經八百的人啊，是很精確的。」

「那你拿這些星星要做什麼？」

「你拿它們要做什麼？」

「對呀。」

「不做什麼。我擁有它們。」

「你擁有這些星星？」

「對呀。」

「但是我之前已經見過一位國王，他……」

「國王不『擁有』星星，他只是『統治』它們而已。這是兩回事。」

「那你擁有那些星星有什麼用？」

「這樣我就是富翁啦！」

「變成富翁對你有什麼用？」

「如果有人發現新的星星，我就可以把它買下來。」

小王子心想：這傢伙的想法有點像那個酒鬼。

但是他仍然繼續發問。

「一個人要怎樣才能擁有那些星星呢？」

「你先說它們是屬於誰的？」實業家不耐煩地反問。

「我不知道。不屬於任何人。」

「這麼說來，它們就是屬於我的嘍，因為是我最先想到的。」

「就這樣嗎？」

「當然嘍。當你發現一顆沒有主人的鑽石時，它就是你的。你若發現一座不屬於任何人的島，它就是你的。當你最先想到一個點子時，你要為它申請專利權，它就是你的了。所以我擁有星星，因為在我之前從來沒有任何人想過要占有它們。」

「這倒是真的。」小王子說，「那你要拿它們來做什麼？」

「我管理它們、反覆計算它們，」商人說道。「這件事雖然很困難。不過我是個正經八百的人啊！」

小王子還是不滿意。

「我啊，如果我擁有一條圍巾，可以把它圍在脖子上帶走。假如我有一朵花，可以把它摘下來帶走。但是你不能摘下星星啊！」

「不能，但我可以把它們放在銀行裡。」

「這是什麼意思？」

「意思是說，我可以在一小張紙條寫下我所有星星的數目，然後把這張紙條鎖在一個抽屜裡。」

「就這樣？」

「這樣就夠了！」

「這個倒好玩了，」小王子心想，「挺有詩意的，卻有些不切實際。」

小王子對於正經事的看法，和大人們很不一樣。

小王子繼續說：「我擁有一朵花，每天都會為她澆水。我擁有三座火山，每個禮拜都會將它們打掃一遍。甚至連那座死火山我也會打掃。天曉得它會不會再度噴發。我擁有它們，對我的火山、對我的花都是有用的。可是你對你的星星卻沒有一點用處……」

商人張開嘴，卻無言以對，於是小王子就走了。

「大人真的都非常的不可思議。」整段旅程中，他都只是不斷地這樣告訴自己。

14

　　第五顆星球非常奇特。它是所有行星當中最小的一顆。那裡只容得下一盞街燈和一個點燈人。小王子無法理解位於天空中某處，既無房子也無住戶的這顆星球上，要一盞街燈和一個點燈人做什麼？

　　不過他告訴自己：

　　「這個人也許很荒謬，但他卻不會比國王、愛慕虛榮的人、商人和那個酒鬼來得更荒謬。至少他的工作有意義。當他點亮街燈時，他就像是讓一顆星星或一朵花誕生似的。當他熄滅街燈時，就是讓那朵花或那顆星星甜蜜入睡。這是一個美麗的職業。因為有意義，所以它真的很美麗。」

　　當他登上那顆星球時，他恭恭敬敬的向那位點燈的人打招呼。

　　「你好啊！你剛剛為什麼要熄滅你的街燈呢？」

　　「因為這是規定。」點燈的人回答，「早安。」

　　「是什麼規定啊？」

　　「熄滅街燈的規定。晚安！」

　　然後他又點亮了街燈。

　　「那你為什麼又把燈點亮了呢？」

　　「這是規定。」點燈的人回答。

　　「我不明白。」小王子說。

點燈人說：「沒有什麼好明白的，規定就是規定。早安！」

他再度熄滅了他的燈。

然後拿出一條紅格紋手帕，抹了抹額頭。

「這份工作真是要人命。以前還算合理，我早上熄燈、晚上點燈。白天其他的時間我可以休息，晚上剩下的時間我可以拿來睡覺……」

「後來規定改了嗎？」

「規定沒改。」點燈人說，「但問題就出在這裡！這顆星球一年轉得比一年快，而規定卻始終沒改！」

「所以呢……」小王子問。

「所以現在它一分鐘轉一圈，弄得我連一秒的休息時間都沒有。我每分鐘都必須點燈一次和熄燈一次！」

「真好玩！你這裡的一天就只有一分鐘啊！」

「一點都不好玩。」點燈人說，「從剛才到現在，我們已經交談了一個月了。」

「一個月？」

「對呀。三十分鐘。三十天！晚安。」

他重新點亮他的街燈。小王子望著這個人，他很喜歡這位點燈人，因為他是那麼地忠於規定。他想起自己曾經拉著椅子追尋夕陽的事。他很想幫助他的朋友。

「你知道嗎……我曉得一個方法可以讓你想休息的時候就休息……」

「我一直很想休息。」點燈人說。

因為一個人可以同時忠實又偷懶。

小王子接著說：

「你的星球這麼小，只要跨個三步就可以走完一圈。你只要慢慢走，就可以一直待在太陽底下了。你想休息時就開始走……那麼，你希望白天有多長，它就會有多長。」

「這樣對我沒什麼用。」點燈人說，「因為這輩子我最喜歡做的事就是睡覺。」

「這樣真不幸。」小王子說。

「這樣真不幸。」，點燈的人說。「早安！」

他又熄滅了他的街燈。

當小王子繼續踏上他的旅程時，心想：「這個人也許會被其他的人輕視，像是那個國王、那個愛慕虛榮的人、那個酒鬼、那個商人。然而，我覺得他卻是這些人當中最不荒謬可笑的一個。也許是因為他忙著做別的事，而不是只想著他自己。」

他遺憾地嘆了口氣，又想：

「這個是唯一可以和我做朋友的人，但他的行星實在太小了，根本容不下兩個人……」

小王子不敢承認的是，他捨不得離開這顆星球，是因為這顆受老天眷顧的星球，在二十四小時裡可以看到一千四百四十次落日！

「你好啊！你剛剛為什麼要熄滅你的街燈呢？」
「因為這是規定。」點燈的人這樣回答，「早安。」
「是什麼規定啊？」
「熄滅掉街燈的規定。晚安！」
然後他又點亮了街燈。

15

第六顆星球有剛才那顆的十倍大。上面住了一位老先生，編寫著一些很厚重的著作。

「唔，那邊來了一名探險家！」他一看見小王子就喊道。

小王子坐在桌子上，喘了幾口氣。他已經旅行了好一段時間了。

「你是從哪裡來的？」老先生問他。

「這本厚書是什麼書？您在這裡做什麼？」小王子問道。

「我是地理學家。」老先生說道。

「什麼是地理學家？」

「地理學家就是一位知道哪裡有海、有河流、有城市、有山脈和沙漠的學者。」

「這真有趣，」小王子說，「這下總算遇見一個真正的專業人士了！」於是他四處掃視這位地理學家的星球。他還從來沒見過如此壯麗的星球呢。

「您的星球很美。這裡有海洋嗎？」

「我怎麼會曉得？」地理學家回答。

「啊！（小王子有點失望）那麼有山脈嗎？」

「我怎麼會知道？」地理學家回答。

「那有城市、河流和沙漠嗎？」

「我還是不知道。」地理學家回答。

「可是你是地理學家呀！」

「沒錯，」地理學家說，「可是我不是探險家呀！而我正需要一位探險家。地理學家的工作不是去計算城市、河流、山脈、大海、大洋和沙漠的數量。地理學家太重要了，不能四處亂逛。他從不離開他的書桌。不過他會在那裡接見探險家。他詢問他們，根據他們的回憶做記錄。假如他覺得他們當中某一位的回憶很有意思，地理學家就會找人調查那位探險家的品行。」

「為什麼要這樣？」

「因為說謊的探險家會為地理書籍帶來大災難。酗酒的探險家也一樣。」

「為什麼要這樣？」小王子問。

「因為喝醉酒的人通常會把一件東西看成兩件。這樣的話，地理學家會在應該只有一座山的地方，記錄下兩座山。」

小王子說：「我認識一個人，他可能就是個最糟糕的探險家。」

「有可能吧。所以，當確定探險家的品行沒問題時，我們才會調查他的發現。」

「會去看嗎？」

「不會，那樣太複雜了。不過，我們會要求探險家提供證據。比方說，假如他發現的是一座大山，我們就會要求他帶來一些大的石頭。」

地理學家突然激動起來。

「而你啊，你是從遠方來的！你是個探險家，來為我描述一下你的星球！」

於是，地理學家翻開了他的記錄冊，開始削鉛筆。首先，他要將探險家的描述用鉛筆記錄下來，然後等到探險家提供了證據後，再用墨水記錄。

「所以呢？」地理學家問道

「喔！我住的地方並不有趣。」小王子說，「那裡非常小。有三座火山，兩座是活火山，一座是死火山，但誰曉得它會不會哪天又噴起火來？」

「對啊，誰曉得呢？」地理學家說。

「我還有一朵花。」

「我們不記載花的事。」地理學家說。

「為什麼不？花兒最美了！」

「因為花兒是轉瞬即逝的東西。」

「什麼叫做『轉瞬即逝』？」

地理學家說：「你要知道，地理書是所有書籍當中最嚴肅的一種。這些書永遠不會過時。一座山很少會改變它的位置。海洋也很少會乾涸。我們只寫那些永恆的東西。」

「可是死火山都有可能會醒過來啊。」小王子打斷他，「什麼叫做『轉瞬即逝』？」

「不管火山是死的、是活的，對我們來說都是一樣的。」地理學家說，「我們關心的是山，而山是不會改變的。」

「但什麼是『轉瞬即逝』？」小王子又問。他這輩子一旦提出了問題，就要問到底。

「意思就是『隨時有消失的危險』。」

「我的花隨時有消失的危險嗎？」

「當然啦！」

「我的花是轉瞬即逝的。」小王子自言自語，「而且她只有四根刺可以用來抵抗這個世界，我卻把她孤伶伶地留在家裡。」

這是小王子第一次感到懊悔。但他隨即又鼓起勇氣。

「那您建議我去拜訪哪裡呢？」小王子問。

「地球。」地理學家回答他，「它的名聲還不錯……」

於是，小王子走了，但一路上都在惦念著他的花。

16

第七顆行星，就是地球。

地球可不是顆隨隨便便的星球！算起來，地球上有一百一十一位國王（當然，黑人國王也包括在內）、七千位地理學家、九十萬名商人、七百五十萬個酒鬼及三億一千一百萬個愛慕虛榮的人，也就是說，大約有二十億個大人。

為了讓各位知道地球有多大，讓我這麼說吧，在發明電力前，六大洲上總共需要四十六萬兩千五百一十一名點燈人，一支十足的大軍啊。

從稍微遠一點的地方來看，會形成很壯麗的景觀。這支大軍的動作會像歌劇院的芭蕾舞團那樣秩序井然。首先由紐西蘭和澳洲的點燈人出場。只見他們點亮了燈，就去睡覺了。再來是輪到中國和西伯利亞的點燈人跳著舞出場。然後他們便退到幕後。接著輪到俄國和印度的點燈人上陣。然後是非洲和歐洲的點燈人。其次是南美洲的。最後輪到北美洲登場。他們從來不會搞錯上臺的次序。真的很壯觀。

只有負責北極和南極這兩地，都只有一盞燈的點燈人，可以過著悠哉閒散的生活：因為他們一年只需要工作兩次。

17

　　當一個人想要賣弄聰明時，免不了會撒點謊。剛才和各位講到那些點燈人的事，其實我並沒有很誠實。我可能會讓不認識我們這個星球的人產生錯誤印象。其實人類在地球上所占的位置可說是非常得少。假如生活在地球上的二十億人口僅靠著站在一起，像是在聽演唱會，那麼也只需要一座長寬各二十哩的大廣場，就可以容下所有的人。我們甚至可以讓全部的人擠在太平洋最小的一座島嶼上。

　　當然嘍，大人們是不會相信你們說的這些話。他們總想像自己占有很大的地方，總以為自己像猴麵包樹一樣重要。那麼你們就建議他們去做做算術吧！他們熱愛數字，數字會令他們開心。不過，你們千萬別浪費時間去做這種無聊的工作。沒必要。你們只要相信我就好了。

　　小王子一到地球上，就很驚訝地發現，竟然看不到任何人。就在他擔心自己是不是弄錯了星球時，一個月白色的環狀物在沙子裡動了下。

　　「晚安！」小王子抱著一線希望說道。

　　「晚安！」那條蛇回答。

　　「我落到了哪一個星球上了？」小王子問。

　　「在地球上，這裡是非洲。」那條蛇回答。

　　「啊……那麼，地球上沒有人嗎？」

小王子一掉到地球表面上，立刻驚訝地發現：
怎麼不見半個人影？

「這裡是沙漠。沙漠中是沒有人的。地球很大。」那條蛇說。

小王子坐在一塊石頭上，抬起頭來望著天空。

「我想知道，」他說，「如果星星會發亮，是不是就為了讓每個人有一天都能找到他自己的星星。你看看我的星球，它剛好在我們上方……不過，它是那麼地遙遠！」

「你的星球很美。」那條蛇說道。「你來這裡做什麼？」

「我和一朵花處不來。」小王子說。

那條蛇「啊」了一聲。

然後，他們都沉默了一會兒。

小王子接著說：「人都在哪裡啊？在沙漠裡有點孤單。」

「在人群中也是會孤單的。」蛇說。

小王子望著牠看了很久，才終於對牠說：

「你是一種很奇特的動物，細得像一根手指頭似的……」

「但是我比國王的手指頭還厲害。」蛇回答他。

小王子笑了。

「你不會很厲害的……你連腳都沒有……你甚至不能出門旅行……」

「誰說的？我可以把你帶到很遠的地方，比一條船能到的地方還要更遠。」蛇說。

那條蛇盤在小王子的腳踝上，好像一只金鐲子。

牠又說：「不論我碰到什麼東西，都可以把他送回原來的地方。不過，你這麼純潔，而且你又是來自一顆星星……」

小王子沒有回答。

「我真的很同情你，你那麼脆弱，在這花崗岩組成的地球上。我可以助你一臂之力，要是有一天你太想念你的星球的話。我可以……」

小王子說：「喔！我明白你的意思，但是為什麼你說話總是好像在出謎語？」

「我能解開所有的謎語。」那條蛇說。

然後，他們兩個都沉默不語。

一條有月光色澤的金蛇，突然從沙漠上蛇行而過。

18

　　小王子橫越沙漠，只遇見了一朵花。一朵長了三片花瓣的花，一朵微不足道的花……

　　「早安！」小王子說。

　　「早安！」花說。

　　「請問人都到哪裡去了？」小王子禮貌地詢問。

　　那朵花曾經看過一隊駱駝商旅經過。

　　「人類嗎？我想他們還活著，有六個或七個吧。好多年前，我看見過他們。但是沒人知道在哪裡可以找到他們。風把他們帶走了。他們沒有根，所以日子一定很難過。」

　　「再見了！」小王子說。

　　「再見！」花說。

19

　　小王子爬到一座高山上。以前他所認識的山，也不過就是那三座只有他膝蓋那麼高的火山。他甚至還把那座死火山當成椅子來坐。

　　於是他想：「從這麼高的山上望下去，我應該可以把整座星球和所有人類一覽無遺……」可是他卻只看見磨得尖尖的岩石山峰。

　　他抱著一線希望說道：「早安！」

　　「早安……早安……早安……」回聲回答。

　　「你是誰？」小王子問。

　　「你是誰……你是誰……你是誰……」回聲回答。

　　「做我的朋友吧，我很孤單。」他說。

　　「我很孤單……我很孤單……我很孤單……」回聲回答。

　　於是他心想：「多麼奇怪的星球啊！這個星球上一切都那麼乾燥、那麼尖又那麼銳利。而且人們還缺乏想像力，只會重複人家跟他們說的話……在我的星球上，我有一朵花，她總是第一個開口說話……」

從這麼高的山上望下去，
應該可以把整座星球和所有人類一覽無遺……
可是卻只看見磨得尖尖的岩石山峰。

20

　　不過，當小王子穿過沙漠、峭壁和雪地，走了很久之後，終於發現一條道路。而所有的路都是通往有人居住的地方。

　　「你好。」他說。

　　那是一座開滿玫瑰花的花園。

　　「你好！」那些玫瑰說道。

　　小王子望著這些玫瑰。她們全都長得和他的花兒一樣。

　　「妳們是誰呀？」他詫異地問她們。

　　「我們是玫瑰花。」那些玫瑰花回答。

　　「啊！」小王子嘆道。

　　他感到非常的難過。他的花兒告訴過他，說她是宇宙中

獨一無二的品種。但是這裡，就在一座花園裡，就有五千朵玫瑰花，全都長得很像！

他心想：「如果她看到這個景象，一定會很生氣⋯⋯她會拚命咳嗽，然後假裝死掉，以逃避調侃。然後，我也不得不假裝照顧她，否則，為了要讓我也覺得羞愧，她可能會讓自己真的死去⋯⋯」

然後他又對自己說：「過去，我還以為自己很富有，因為我擁有一朵世上獨一無二的花兒，然而我擁有的只不過是一朵普通的花兒罷了。除此之外，還有我那三座膝蓋般高的火山，而其中一座很有可能永遠熄滅了。這些東西，不會讓我成為一位偉大的王子⋯⋯」

於是小王子趴在草地上哭了。

21

就在這時候，出現了一隻狐狸。

「你好！」狐狸說。

「你好！」小王子很有禮貌地回答，他回頭一看，卻什麼也沒看到。

那個聲音說：「我在這裡，在蘋果樹下……」

「你是誰呀？」小王子問，「你好漂亮……」

「我是一隻狐狸。」狐狸說。

「過來和我一起玩，好嗎？」小王子向他提議。「我好傷心……」

「我不能跟你一起玩，」狐狸說，「因為我還沒有被馴養。」

「啊，對不起！」小王子說道。

不過，想了一會兒後，小王子又問：

「『馴養』是什麼意思？」

「你不是這裡的人吧。」狐狸說，「你在找什麼？」

「我在找人類，」小王子說，「『馴養』到底是什麼意思？」

狐狸說：「人類啊，他們帶著獵槍到處打獵。真的非常討厭！他們也會養雞，這是他們唯一的興趣。你在找雞嗎？」

「不，」小王子說，「我在找朋友。什麼叫做『馴養』？」

「那是一件太常被忽略的事。」狐狸說，「意思就是『建立關係』。」

「建立關係？」

「沒錯。」狐狸說，「對我來說，你還只是個小男孩，和其他成千上萬的小男孩沒有兩樣。而且我不需要你，你也不需要我。我對你而言也只是隻狐狸，和成千上萬的狐狸一樣。可是，如果你馴養了我，我們就會彼此需要了。對我來說，你就會是世界上獨一無二的；對你來說，我也會是世界上獨一無二的……」

「我好像懂了。」小王子說，「有一朵花……我想她已經馴養了我……」

「很有可能，」狐狸說，「在地球上，什麼事都有可能會發生……」

「喔！她不在地球上。」小王子回答。

狐狸看起來非常好奇：

「是在另外一個星球上嗎？」

「是的。」

「那個星球上面有獵人嗎？」

「沒有。」

「這點聽起來很有意思！那有雞嗎？」

「也沒有。」

「世界上沒有十全十美的事。」狐狸嘆道。

不過，狐狸又回到原來的話題。

「我的生活很單調。我獵捕雞，人獵捕我；所有的雞都
長得一樣，所有的人也都長得一樣。所以我覺得
有點厭煩。可是，如果你馴養了我，我的生
命就會像陽光普照那樣。我會認出你與
眾不同的腳步聲。別人的腳步聲會讓我
鑽到地洞裡。你的腳步聲則會像音樂那
樣，呼喚我從洞裡走出來。還有，你看
啊！看見那邊的麥田
了嗎？我不吃麵包，
麥子對我來說毫無用
處。麥田也不會讓我
想到任何東西。
這點真是令人

難過！可是你有一頭金色的頭髮。所以等到你馴養我之後，就會變得非常美妙！金黃色的麥子會讓我想到你。於是，我就會愛上風吹過麥田的聲音……」

狐狸不說話了，牠看著小王子好一會兒。

「拜託你……馴養我吧！」牠說。

「我很願意。」小王子回答,「但是我沒有很多時間。我想要認識朋友,我還想理解很多事物。」

「我們只會理解我們所馴養的東西」狐狸說,「人類再沒有時間理解任何東西了。他們到商店去購買現成的東西。不過,因為世上沒有販賣朋友的商店,所以人類就再也沒有朋友了。假如你想要一位朋友,那你就馴養我吧!」

「我該怎麼做呢?」小王子問。

狐狸回答:「你必須要很有耐心。一開始你要坐得離我遠一點,像這樣,坐在草地上。我用眼角的餘光偷看你,而你什麼話也不說。語言是誤會的源頭。但是,你每天都可以坐得更靠近我一點……」

第二天,小王子回來了。

狐狸對他說:「你最好在每天在同樣的時間回來。比方說,如果你下午四點鐘要來,那麼從三點開始,我就會高興。時間愈接近,我就會愈開心。到了四點鐘,我早就坐立難安了;我會發現幸福的代價!可是,如果你在隨便什麼時間來,我就永遠不知道幾點該開始裝扮我的心……必須要有儀式。」

「什麼是『儀式』?」小王子問。

狐狸說:「那也是個太常被忽略的東西。儀式就是訂下一個與其他日子不同的日子、一個與其他時刻不同的時刻。比如說,我的獵人他們就有一個儀式。他們每個星期四都要和村裡的姑娘跳舞。於是,星期四就變成一個美妙的日子!我可以一路散步到葡萄園去。如果獵人在隨便什麼時間跳舞，那麼日天就會一成不變，我也就不會有假期了。」

就這樣，小王子馴養了狐狸。然後當分離的時刻接近時，狐狸說：

「啊！我到時候會哭的。」

「這都是你的錯。」小王子說，「我本來就不希望讓你難過，可是你卻希望我馴養你。」

「沒錯。」狐狸說。

「可是你就要哭了。」小王子說。

「沒錯。」狐狸說。

「那麼從這件事當中，你沒有得到一點好處？」

「我有。」狐狸說，「多虧了麥子的顏色。」

牠又說：「你再去看看那些玫瑰花。你會明白你的那朵玫瑰花確實是世上獨一無二。到時你再回來和我說再見，我會送給你一個祕密做為臨別禮物。」

於是，小王子回去看那些玫瑰花。

「妳們一點也不像我的玫瑰花，妳們依然什麼也不是。」他對她們說，「因為沒有人馴養妳們，妳們也沒有馴養過任何人。妳們就像我的狐狸以前那樣。當時牠只是隻與成千上萬其他狐狸一樣的狐狸。但是我和牠做了朋友，現在牠對我而言，是世界上獨一無二的。」

那些玫瑰花都非常難為情。

他又對她們說：「妳們都很美麗，但是妳們都很空虛。沒有人會為妳們而死。當然啦，一個普通的路人也許會覺得我的玫瑰和妳們長得一模一樣。但是，單單一個她就比妳們全部都重要。因為我澆水是為了她。因為我罩上玻璃罩的是她。因為我用屏風保護的是她。因為我是為了她殺掉那些毛毛蟲（只留下兩、三隻讓牠們將來變成蝴蝶）。因為我聆聽過她的抱怨、吹牛，甚至偶爾的沉默不語。因為她是我的玫瑰花。」

　　然後，他又回到狐狸那裡。

　　「再見了！」他說……

　　「再見了！」狐狸說，「我的祕密非常簡單：只有用心看才看得清楚，重要的東西是眼睛看不見的。」

　　「重要的東西是眼睛看不見的。」小王子重複著狐狸的話，好讓自己記住。

　　「就是因為你為你的玫瑰花了那麼多時間，才讓你的玫瑰花變得那麼重要。」

　　「因為我為我的玫瑰花了那麼多時間……」小王子重複說道，好讓自己記住。

　　「人類已經忘記了這個真理，」狐狸說，「但是你千萬不要忘記。你永遠都對你馴養的對象有責任。你對你的玫瑰花有責任……」

　　「我對我的玫瑰花有責任……」小王子重複說道，好把這句話記在心裡。

22

「你好！」小王子說。

「你好！」火車調度員回答。

「你在這裡做什麼？」小王子問。

「我把每一千位旅客分成一組，」火車調度員說。「並派出火車把他們載走，有時候向右，有時候向左。」

這時，一輛燈火通明的快車像打雷般呼嘯駛來，把調度室震得搖搖晃晃。

小王子說：「他們看起來非常匆忙。他們在找什麼？」

「恐怕連火車司機自己也不知道吧。」調度員說。

這個時候，又有第二輛燈火通明的快車從相反的方向呼嘯駛來。

「他們這麼快就回來了？」小王子問。

「不是同一批人。」調度員說，「這是對開的班次。」

「他們不滿意自己原來待的地方嗎？」

「從來沒有人滿意自己待的地方。」調度員回答。

然後，第三輛燈火通明的快車又呼嘯而過。

小王子問：「他們在追趕第一輛車的旅客嗎？」

「他們沒有在追趕任何東西。」調度員說，「他們在車上睡覺，要不就在打呵欠。只有孩子會把臉貼在玻璃窗上。」

小王子說：「只有孩子知道他們在找什麼。他們會把時

間花在一個破布娃娃上，於是娃娃就變得很重要，假如有人
把娃娃拿走，他們就會哭⋯⋯」

　　「他們很幸運。」調度員說。

23

「你好！」小王子說。

「你好！」小販回答。

這是一位販賣解渴特效藥的小販。每星期只要吞下一顆藥，就可以不必再喝水。

「你為什麼要賣這種藥？」小王子問。

「因為可以節省很多時間啊。」小販說，「有專家做過統計。一星期可以省下五十三分鐘。」

「那麼這五十三分鐘要拿來做什麼？」

「高興做什麼就做什麼呀……」

「如果是我……」小王子心想，「如果我有五十三分鐘的空閒時間，我會從從容容地走向一座噴泉……」

24

這是我的飛機在沙漠中故障的第八天,我一邊聽小王子說起小販的故事、一邊喝下我身上的最後一滴水。

我對小王子說:「啊!你的回憶很迷人,但我還沒修好我的飛機,卻已經沒有水可以喝了,若是我也能從從容容地走向一座噴泉,我會很高興的!」

「我的朋友狐狸……」他對我說。

「我的小小人兒,這件事和狐狸沒有關係了!」

「為什麼?」

「因為我們就要渴死了。」

他不明白我的論調。他回答我:

「即使一個人快要死了,有個朋友總是好的。像我,我就很高興能和狐狸當朋友……」

我心想:「他一點也沒意識到危險。他從來不會餓,也不會渴。他只要有一點陽光就夠了……」

可是他望著我,然後回答了我心裡在想的事。

「我也渴了……我們去找一口井吧……」

我疲憊地揮了揮手,在這廣大的沙漠中漫無目標地去尋找一口井,是件很荒謬的事。然而,我們還是動身了。

我們默默地走了好幾個小時,夜色降臨,星星開始發亮。我望著星星,好像做夢一樣,我因為口渴的緣故,有點發燒。小王子說的話在我的記憶中舞動。

「所以你也口渴嗎？」我問他。

但他並沒回答我的問題，只是簡單地告訴我：

「水對於心靈也可以是有好處的。」

我不明白他的回答，但沒有再開口……我很清楚，不應該再問他什麼了。

他累了。他坐了下來。我在他身旁坐下。一陣沉默之後，他又說道：

「星星很美，是因為有一朵我們看不見的花兒……」

「你說得沒錯。」我回答，然後無言地望著月光下的沙丘。

「沙漠很美。」他補上一句……

這點千真萬確。我一直很喜愛沙漠。坐在一座沙丘上，什麼也看不見，什麼也聽不到。然而在此同時，萬籟俱寂中卻有些東西在發光……

「讓沙漠變美的原因，」小王子說道：「是因為沙漠中的某個地方藏著一口井……」

我這才恍然大悟，突然理解到沙漠中的神祕光輝是什麼了。小時候，我住過一棟老房子，傳說有寶藏埋在裡面。當然啦，從來沒有人有辦法發現寶藏在哪裡，也許甚至連找都沒人去找過。可是這個寶藏的傳說讓整棟房子充滿了魔力。房子的內心深處藏著一個祕密……

「對，」我告訴小王子，「不管是房子、星星還是沙漠，一定是存在著某種看不見的東西，才使得它們顯得這麼美麗迷人！」

　　「我很高興，」他說，「你和我那位狐狸朋友所見略同。」

　　因為小王子睡著了，我便把他抱在懷裡繼續趕路。我心裡很感動，覺得自己好像抱著一個脆弱的寶藏。甚至覺得地球上再也沒有比他更脆弱的東西了。就著月光，我望著他蒼白的額頭、閉上的雙眼和那一絲絲在風中顫動的頭髮，然後我告訴自己：「我眼前看到的不過是一具軀殼，但最重要的東西是眼睛看不見的……」

　　當他的嘴唇微微開啟，露出半個微笑時，我又告訴自己：「這位睡著的小王子最讓我感動的，是他對一朵花兒的忠誠，甚至在他睡著時，都有玫瑰的形象在他身上散發光芒，就像一盞燈的火焰那樣……」

　　然後，我覺得他變得更脆弱了。一定要好好保護這些火焰，否則一陣風吹過，就有可能讓它熄滅……於是，我就這樣走著，天亮時，我發現了那口井。

25

小王子說：「人們只顧著擠進快車裡，卻不曉得他們在找什麼。所以，手忙腳亂地兜著圈子……」

然後他又加了一句：

「何必那麼累呢……」

我們找到的那口井，並不像撒哈拉沙漠的那種井。撒哈拉沙漠地帶的井通常只是在沙地上挖個簡單的洞。但這口井看起來像一座村子裡的井，只是那附近沒有任何村莊，於是我開始懷疑自己是否在做夢。

「好奇怪，」我對小王子說，「一切都很齊全：滑輪、水桶和繩子……」

他笑了，碰了碰繩子，轉起滑輪來。於是滑輪嘰嘎作響，就好像一具老舊的風信雞，在無風的日子裡會發出的那種嘎吱聲響。

小王子說：「你聽到了嗎，我們喚醒了這口井，於是它唱起歌來……」

我不想讓他太費力。

「讓我來吧！」我對他說，「這個工作對你來說太粗重了。」

我把水桶緩緩地拉到井邊，然後將它穩穩地在井邊放好。滑輪的歌聲猶在我耳中縈繞，我在依然顫抖的水面上看見了顫動的太陽。

「我好想喝這個水，」小王子說，「給我喝一點吧……」

我這才明白，他一直在尋找的是什麼！

我把水桶湊到他唇邊，他閉著眼睛喝水。水甜美的好像一場盛宴。這個水不僅是用來喝的。它也誕生於星空下的跋涉、滑輪的歌唱，還有我雙臂所做的努力。這個水對心靈有益，就像是一份天賜的禮物。當我還是小孩子時，耶誕樹的燈光、子夜彌撒的音樂、溫暖甜蜜的微笑，就是像這樣地，讓我收到的耶誕禮物充滿光輝。

小王子說：「你們這裡的人在一座花園裡種上五千朵玫瑰……卻找不到他們所尋覓的東西……」

「他們是沒有找到。」我回答。

「但是他們要找的東西，其實在單單一朵玫瑰花或一點點水當中就可以找到……」

「沒錯。」我回答。

小王子接著又說：

「不過眼睛是盲目的。一定要用心去尋找。」

我喝了水，呼吸舒暢多了。破曉時分的沙漠具有蜂蜜的色調。也因為這種蜂蜜的顏色，令我感到非常開心。那麼我為什麼要覺得難過呢……

「你必須遵守你的承諾。」又在我身旁坐了下的小王子，輕聲對我說道。

「什麼承諾？」

「你知道的……你要幫我的綿羊畫一個嘴套……我對那

朵花可是有責任的！」

我從口袋裡掏出我的草圖。

小王子看見那些圖後，笑著說道：

「你畫的猴麵包樹看起來有點像包心菜……」

「喔！」

原本我還頗以筆下的猴麵包樹為傲呢！

「你畫的狐狸……那兩隻耳朵……看起來像兩隻角……而且耳朵也太長了！」

他又笑了。

我說：「你這樣講很不公平喔，小人兒。我本來就只會畫蟒蛇外部圖和內部圖的啊。」

「喔！沒關係啦，」他說，「小孩都會懂的。」

於是，我用鉛筆畫了一個嘴套。把圖交給他的時候，我的心情沉重。

「你是不是有什麼我不知道的計畫……」

可是他沒有回答我的問題，對我說：

「你知道嗎，我降落到地球上……到明天就滿一週年了……」

然後沉默一會兒，他又說：

「當時降落的地點就是在這附近……」

接著他的臉紅了。

不知道為什麼，我又感到一陣異樣的憂傷。此時，我突然想到了一個問題。「這麼說來，一星期前我遇見你的那天早上，你獨自在這個距人煙千哩之外的地方漫步，就不是出於偶然了！你是想回到你降落的地點？」

小王子的臉又紅了。

我猶豫了一會兒，又問道：

「也許是因為一週年的緣故……」

小王子的臉再度紅了起來。

他從來不回答別人的問題，可是當一個人臉紅的時候，不就等於在說「是」嗎？

「啊！」我對他說，「我怕……」

可是他卻回嘴說：

「你現在應該回去工作了。你應該回去你的飛機那裡。我在這裡等你。你明天晚上再回來吧……」

可是我還是不太放心。我想起了那隻狐狸。如果我們讓自己被馴養了，就會有流一點眼淚的風險啊……

小王子說：
「你聽到了嗎，我們叫醒了這口井，它正在唱歌呢⋯⋯」

26

在那口井旁，有一堵老石牆的廢墟。第二天傍晚，當我工作告一段落，回來時，遠遠就看到我的小王子坐在石牆上，兩隻腿懸在空中。我聽見他在說話。

「所以你不記得了？」他說，「這裡並不是確切的地點！」

應該有另一個聲音回應了他，因為他辯駁道：

「是啦！是啦！就是這一天，不過地點並不是這裡……」

我繼續往石牆走去。我始終沒看到也沒聽見任何人。然而，小王子卻又再度回應道：

「那當然，你會看到我留在沙漠上的足跡。你只要在那裡等我就行了。今天晚上我會去那裡。」

我距離那堵廢牆只有二十公尺，但我還是什麼也沒看到。

沉默了一會兒之後，小王子又說道：

「你有好的毒液嗎？你確定不會讓我難受太久？」

我心頭一緊，停下了腳步。但我依然不明白。

「現在，你走開吧，」他說，「我要下去了！」

於是，我垂下眼往牆腳看去，嚇了一大跳！在那裡，面對著小王子的，是一條黃色的蛇，這種蛇可以讓人在三十秒內斃命。我開始向前跑，同時摸索著我的口袋，想要把手槍掏出來。不過，聽見我發出的聲響，那條蛇讓自己輕輕沒入沙裡，像一道落下的水柱似的。然後，牠不慌不忙地鑽進石頭之間，發出輕微的金屬聲。

我到牆邊時，剛好來得及把我的小人兒王子接在懷裡，他的臉蒼白得像雪一樣。「這是怎麼回事？你剛才竟然會跟蛇說話！」

我鬆開他一直戴著的那條金黃色圍巾，用水沾溼他的太陽穴，並給他喝了點水。現在我不敢再問他任何問題了。他臉色凝重地望著我，雙臂環住我的脖子。我覺得他的心跳好像被槍擊中的垂死小鳥。他對我說：

「我很高興你找出了引擎的毛病，你快要可以回家去了……」

「你怎麼知道？」

我才正要告訴他，我終於在毫無希望的情況下，完成了修復飛機的工作。

他並沒有回答我的問題，不過他接著說：「我也一樣，今天我要回家去了……」

然後，他感傷地說：「路途遠多了……而且也困難多了……」

我深深感覺到有些不尋常的事正在發生。我像抱嬰兒那樣，把他緊緊抱在懷裡，總覺得他就像要垂直墜入深淵似的，我卻無法攔住他……

他的目光嚴肅，視線落在很遙遠的地方。

「我有你畫的綿羊。我有裝綿羊的箱子。我還有那個嘴套……」

那裡竟有一條只要三十秒鐘就可以讓人喪命的黃蛇，正豎得高高的面對著
小王子。

他露出憂鬱的微笑。

我等了一段時間，發現他的身體正在慢慢地暖和起來。

「小人兒，你受到驚嚇了……」

他當然是受到了驚嚇！不過他卻輕輕地笑了。

「我今天晚上還會更害怕……」

我再度因為那種無法挽回的感覺而感到全身發寒。而且我明白，自己無法忍受再也聽不見他這種笑聲的想法。他的笑聲對我來說，就像是荒漠中的甘泉。

「親愛的小人兒，我還想再聽到你的笑聲……」

但是他對我說：

「今晚，就要滿一年了。我的星星會剛好出現在我去年降落地點的正上方……」

「親愛的小人兒，請告訴我，這一切只是一場惡夢，關於那條蛇的事、相約的地點，還有星星……」

他沒有回答我的問題，只是對我說：

「重要的東西是看不見的……」

「當然……」

「就像花兒一樣。如果你喜歡某顆星星上的一朵花，那麼夜裡仰望天空時，就會覺得很美，好像所有的星星都開滿了花。」

「當然……」

「水也一樣，因為有了那滑輪和繩索的聲響，你給我喝的那些水就像音樂一樣……你還記得吧，那水真好喝。」

「當然……」

　　「夜裡，你會觀看那些星星。我的星球太小，所以我沒辦法指給你看它在哪裡。這樣也好，對你而言，我的星星將是許多星星中的一顆。所以，今後你會喜歡仰望所有的星星……它們都會成為你的朋友。而且我要送你一個禮物……」

　　他又笑了。

　　「啊，親愛的小人兒，我喜歡聽你的笑聲！」

　　「那正是我要送的禮物……就像那些水一樣……」

　　「你的意思是？」

「人們擁有星星的方式不盡相同。星星對旅人而言，可以指引方向。對其他人來說，星星只是發亮的小光點。對學者來說，星星是待解的課題。對於我遇過的那位商人，星星則像金子一樣。可是這些星星都默不作聲。而你，將會擁有別人沒有的星星……」

「你的意思是？」

「當你晚上仰望天空時，因為我住在其中的一顆星星上面，因為我將在其中的一顆星星上面笑，於是你晚上看星星時，就會覺得好像所有的星星都在笑。也就是說，你將擁有會笑的星星！」

他又笑了。

「等到你心情好一點的時候（時間會撫平一切），你會因為認識我而感到慶幸。你永遠都會是我的朋友。你會想和我一起笑。有時你會純粹為了好玩而打開窗子……你的朋友將會驚訝地看到你望著天空發笑。於是你會告訴他們說：『是啊，那些星星總是惹我發笑！』他們會以為你瘋了。這樣我就整到你了……」

然後，他又笑了。

「這就好像我給你的不是一堆星星，而是一堆會笑的小鈴鐺……」

笑著笑著，他忽然嚴肅起來。

「今夜……你知道……不要跟來喔。」

「我不想離開你的。」

「我看起來會好像很痛苦的樣子……有點像要死掉的樣

子。就是這樣。不要來看我那個樣子，真的沒有必要……」

「我不會離開你的。」

可是他很擔心。

「我會這樣告訴你……也是因為那條蛇。你千萬別讓牠咬到你……蛇都挺壞的。牠們可能會為了好玩而咬人……」

「我不會離開你的。」

不過，某件事又讓他安下了心。

「的確，牠們不會有足夠的毒液可以咬第二個人……」

那天夜裡，我沒有看到他動身。他無聲無息的離開了。當我終於追上他時，他以堅定的步伐快速走著，只是對我

說：「啊！你來啦⋯⋯」

他牽起我的手，卻依然很擔心。

「你真的不該跟來的。你會很難過的。我會看起來像死掉一樣，但那不是真的⋯⋯」

我一句話也沒說。

「你明白嗎？路太遠了，我沒辦法帶走我的身體，它太重了。」

我仍然沒說話。

「不過這只是像被丟棄的一個舊軀殼。舊軀殼不值得我們太傷心⋯⋯」

我還是沒說話。

他有點氣餒，但仍盡可能地安慰我。

「你知道，那樣會很好的，我也會抬頭看那些星星，想像每一顆星星上都有一口井和一個生鏽的滑輪，而所有的星星也都會倒水給我喝⋯⋯」

我仍一言不發。

「你想想看那樣有多好玩！你將會有五億個小鈴鐺，而我將會有五億個沁出甘泉的井⋯⋯」

然後他也不說話了，因為他哭了起來⋯⋯

「就是這裡了。讓我一個人過去吧。」

他卻坐了下來，因為他其實也很害怕。他又說：

「你知道⋯⋯我的花⋯⋯我對她有責任的！她是那麼脆弱，她是那麼天真。她只有四根沒用的刺來對抗這個世界⋯⋯」

我也坐了下來，因為我沒辦法繼續站著。他說：

「好了……就這樣了……」

他猶豫了一會兒，然後站起身來。他向前走了一步。我卻無法動彈。

就只有一道黃色的閃光出現在他的腳踝邊。他一動也不動地駐足片刻。他沒有喊叫。他緩緩地倒下，就好像一棵樹倒下那樣。因為在沙地上的緣故，他倒下時甚至沒有發出絲毫聲響……

他緩緩地倒下，就好像一棵樹倒下那樣，甚至沒有發出絲毫聲響……

27

　　如今，六年過去了……我沒有將這個故事告訴過任何人。同事們看到我平安歸來都十分高興。我心裡很憂傷，但我只是告訴他們說：「是疲憊的緣故……」

　　現在我的心情稍稍平復，也就是說……並沒有完全恢復。但是我知道，他確實回到了他的星球，因為黎明時，我並沒有找到他的軀體，但他的身體其實並不重……而我喜歡在夜裡聆聽天上的星星，它們就像是五億個小鈴鐺……

　　不過，還是發生了一件意料之外的事。我替小王子畫的那個嘴套，忘了加上一條皮帶！這樣他就永遠沒辦法把它繫在綿羊嘴上了。於是我常想：「在他的星球上到底會發生什麼事？也許綿羊已經吃掉了花兒……」

　　有時我會對自己說：「絕對不會的！小王子每天晚上都一定會把他的花兒關在玻璃罩下，而他也會好好看著那隻綿羊的……」然後我就很高興。然後所有的星星都溫柔地笑著。

　　有時候我又會想：「人總是有不小心的時候，那就糟了。也許哪天晚上他忘記罩上玻璃罩，或是那隻綿羊在夜裡一聲不響地跑了出來……」於是小鈴鐺全部變成一滴滴的淚珠……

　　最大的奧祕也就在這裡。對於同樣喜愛小王子的您來說，就和我一樣，要是在某個我們不知道的地方，有一隻我們不認識的綿羊，不管牠有沒有吃掉一朵玫瑰花，整個宇宙都會變得完全不一樣⋯⋯

　　現在，請您望望天空吧！問問自己：「那隻綿羊到底有沒有吃掉那朵花？」您將發現好像一切都不同了⋯⋯

　　然而，沒有一個大人會明白這件事有多麼重要！

　　對我來說，這是世界上最美麗的景色，也是最令人悲傷的景色。和上一頁的圖是同樣的景色，但我又畫了一次，好讓各位看清楚。就是在這裡，小王子出現在地球上的，然後又在這裡消失。

　　請您仔細看看這幅風景，以確保若是有一天，您去非洲的沙漠旅行時，能有辦法認出這個地方。萬一您恰巧真的經過那裡，我請求您不要太匆忙，記得在星空下稍待一會兒。如果那時候有個孩子向您走過來，如果他喜歡笑，如果他有一頭金髮，如果他在人家問話時都不回答，您就猜得到他是誰了。到時候請您行行好，不要再讓我這麼難過：請您趕緊寫封信告訴我，他回來了⋯⋯

如果真的遇上了，
請您行行好，不要再讓我這麼難過：
寫封信告訴我，他回來了……

The Little Prince

Chapter 1

Once when I was six years old I saw a magnificent picture in a book, called True Stories from Nature, about the primeval forest. It was a picture of a boa constrictor in the act of swallowing an animal. Here is a copy of the drawing.

In the book it said: "Boa constrictors swallow their prey whole, without chewing it. After that they are not able to move, and they sleep through the six months that they need for digestion."

I pondered deeply, then, over the adventures of the jungle. And after some work with a colored pencil I succeeded in making my first drawing. My drawing number one looked like this:

I showed my masterpiece to the grown-ups, and asked them whether the drawing frightened them.

But they answered: "Frighten? Why should anyone be frightened by a hat?"

My drawing was not a picture of a hat. It was a picture of a boa constrictor digesting an elephant. But since the grownups were not able to understand it, I made another drawing: I drew the inside of the boa constrictor, so that the grown-ups could see it clearly. They always need to have things explained. My drawing number two looked like this:

The grown-ups response, this time, was to advise me to lay aside my drawings of boa constrictors, whether from the inside or the outside, and devote myself instead to geography, history, arithmetic and grammar. That is why, at the age of six, I gave up what might have been a magnificent career as a painter. I had been disheartened by the failure of my drawing number one and my drawing number two. Grown-ups never understand anything by themselves, and it is tiresome for children to be always and forever explaining things to them.

So then I chose another profession, and learned to pilot airplanes. I have flown a little over all parts of the world; and it is true that geography has been very useful to me. At a glance I can distinguish China from Arizona. If one gets lost in the night, such knowledge is valuable.

In the course of this life I have had a great many encounters with a great many people who have been concerned with matters of consequence. I have lived a great deal among grown-ups. I have seen them intimately, close at hand. And that hasn't much improved my opinion of them.

Whenever I met one of them who seemed to me at all clear-sighted, I tried the experiment of showing him my drawing number one, which I have always kept. I would try to find out, so, if this was a person of true understanding. But, whoever it was, he, or she, would always say: "That is a hat." Then I would never talk to that person about boa constrictors, or primeval forests, or stars. I would bring myself down to his level. I would talk to him about bridge, and golf, and politics, and neckties. And the grown-up would be greatly pleased to have met such a sensible man...

Chapter 2

So I lived my life alone, without anyone that I could really talk to, until I had an accident with my plane in the Desert of Sahara, six years ago. Something was broken in my engine. And as I had with me neither a mechanic nor any passengers, I set myself to attempt the difficult repairs all alone. It was a question of life or death for me: I had scarcely enough drinking water to last a week.

The first night, then, I went to sleep on the sand, a thousand miles from any human habitation. I was more isolated than a shipwrecked sailor on a raft in the middle of the ocean. Thus you can imagine my amazement, at sunrise, when I was awakened by an odd little voice. It said:

"If you please...draw me a sheep!"

"What!"

"Draw me a sheep!"

I jumped to my feet, completely thunderstruck. I blinked my eyes hard. I looked carefully all around me. And I saw a most extraordinary small person, who stood there examining me with great seriousness. Here you may see the best portrait that, later, I was able to make of him. But my drawing is certainly very much less charming than its model. That, however, is not my fault. The grown-ups discouraged me in my painter's career when I was six years old, and I never learned to draw anything, except boas from the outside and boas from the inside.

Now I stared at this sudden apparition with my eyes fairly starting out of my head in astonishment. Remember, I had crashed in the desert a thousand miles from any inhabited region. And yet my little man seemed neither to be straying uncertainly among the sands, nor to be fainting from fatigue or hunger or thirst or fear. Nothing about him gave any suggestion of a child lost in the middle of the desert, a thousand miles from any human habitation. When at last I was able to speak, I said to him:

"But... what are you doing here?"

And in answer he repeated, very slowly, as if he were speaking of a matter of great consequence:

"If you please...draw me a sheep..."

When a mystery is too overpowering, one dare not disobey. Absurd as it might seem to me, a thousand miles from any human habitation and in danger of death, I took out of my pocket a sheet of paper and my fountain-pen. But then I remembered how my studies had been concentrated on geography, history, arithmetic and grammar, and I told the little chap (a little crossly, too) that I did not know how to draw. He answered me:

"That doesn't matter. Draw me a sheep."

But I had never drawn a sheep. So I drew for him one of the two pictures I had drawn so often. It was that of the boa constrictor from the outside. And I was astounded to hear the little fellow greet it with:

"No, no, no! I do not want an elephant inside a boa constrictor.

A boa constrictor is a very dangerous creature, and an elephant is very cumbersome. Where I live, everything is very small. What I need is a sheep. Draw me a sheep."

So then I made a drawing.

He looked at it carefully, and then he said:

"No. This sheep is already very sickly. Make me another."

So I made another drawing.

My friend smiled gently and indulgently.

"You see yourself," he said, "that this is not a sheep. This is a ram. It has horns..."

So then I did my drawing over once more.

But it was rejected too, just like the others. "This one is too old. I want a sheep that will live a long time."

By this time my patience was exhausted, because I was in a hurry to start taking my engine apart, so I tossed off this drawing.

And I threw out an explanation with it:

"This is only his box. The sheep you asked for is inside."

I was very surprised to see a light break over the face of my young judge:

"That is exactly the way I wanted it! Do you think that this sheep will have to have a great deal of grass?"

"Why?"

"Because where I live everything is very small..."

"There will surely be enough grass for him," I said. "It is a very small sheep that I have given you."

He bent his head over the drawing:

"Not so small that...Look! He has gone to sleep..."

And that is how I made the acquaintance of the little prince.

Chapter 3

It took me a long time to learn where he came from. The little prince, who asked me so many questions, never seemed to hear the ones I asked him. It was from words dropped by chance that, little by little, everything was revealed to me. The first time he saw my airplane, for instance (I shall not draw my airplane; that would be much too complicated for me), then he asked me:

"What is that object?"

"That is not an object. It flies. It is an airplane. It is my airplane."

And I was proud to have him learn that l could fly. He cried out, then:

"What! You dropped down from the sky?"

"Yes," I answered, modestly.

"Oh! That is funny!"

And the little prince broke into a lovely peal of laughter, which irritated me very much. I like my misfortunes to be taken seriously. Then he added:

"So you, too, come from the sky! Which is your planet?"

At that moment I caught a gleam of light in the impenetrable mystery of his presence; and I demanded, abruptly:

"Do you come from another planet?"

But he did not reply. He tossed his head gently, without taking his eyes from my plane:

"It is true that on that you can't have come from very far away..."

And he sank into a reverie, which lasted a long time. Then, taking my sheep out of his pocket, he buried himself in the contemplation of his treasure.

You can imagine how my curiosity was aroused by this half-confidence about the "other planets." I made a great effort, therefore, to find out more on this subject:

"My little man, where do you come from? What is this 'where I live' of which you speak? Where do you want to take your sheep?"

After a reflective silence he answered:

"The thing that is so good about the box you have given me is that at night he can use it as his house."

"That is so. And if you are good I will give you a string, too, so that you can tie him during the day, and a post to tie him to."

But the little prince seemed shocked by this offer:

"Tie him! What a queer idea!"

"But if you don't tie him," I said, "he will wander off somewhere, and get lost."

My friend broke into another peal of laughter:

"But where do you think he would go?"

"Anywhere. Straight ahead of him..."

Then the little prince said, earnestly:

"That doesn't matter. Where I live, everything is so small!"

And, with perhaps a hint of sadness, he added:

"Straight ahead of him, nobody can go very far..."

Chapter 4

I had thus learned a second fact of great importance: this was that the planet the little prince came from was scarcely any larger than a house!

But that did not really surprise me much. I knew very well that in addition to the great planets – such as the Earth, Jupiter, Mars, Venus – to which we have given names, there are also hundreds of others, some of which are so small that one has a hard time seeing them through the telescope. When an astronomer discovers one of these he does not give it a name, but only a number. He might call it, for example, "Asteroid 325."

I have serious reason to believe that the planet from which the little prince came is the asteroid known as B612. This asteroid has only once been seen through the telescope. That was by a Turkish astronomer, in 1909.

On making his discovery, the astronomer had presented it to the International Astronomical Congress, in a great demonstration. But he was in Turkish costume, and so nobody would believe what he said. Grown-ups are like that.

Fortunately, however, for the reputation of Asteroid B612, a Turkish dictator made a law that his subjects, under pain of death, should change to European costume. So in 1920 the astronomer gave his demonstration all over again, dressed with impressive style and elegance. And this time everybody accepted his report.

If I have told you these details about the asteroid, and made a note of its number for you, it is on account of the grown-ups and their ways. Grown-ups love figures. When you tell them that you have made a new friend, they never ask you any questions about essential matters. They never say to you, "What does his voice sound like? What games does he love best? Does he collect butterflies?" Instead, they demand: "How old is he? How many brothers he has? How much does he weigh? How much money does his father make?" Only from these figures do they think they have learned anything about him. If you were to say to the grownups: "I saw a beautiful house made of rosy brick; with geraniums in the windows and doves on the roof," they would not be able to get any idea of that house at all. You would have to say to them: "I saw a house that cost $20,000." Then they would exclaim: "Oh, what a pretty house that is!"

Just so, you might say to them: "The proof that the little prince existed is that he was charming, that he laughed, and that he was looking for a sheep. If anybody wants a sheep, that is a proof that he exists." And what good would it do to tell them that? They would shrug their shoulders, and treat you like a child. But if you said to them: "The planet he came from is Asteroid B612." then they would be convinced, and leave you in peace from their questions. They are like that. One must not hold it against them. Children should always show great forbearance toward grown-up people.

But certainly, for us who understand life, figures are a matter of indifference. I should have liked to begin this story in the fashion of the fairy tales. I should have liked to say:

"Once upon a time there was a little prince who lived on a planet that was scarcely any bigger than himself, and who had need of a sheep..." To those who understand life, that would have given a much greater air of truth to my story.

For I do not want anyone to read my book carelessly I have suffered too much grief in setting down these memories. Six years have already passed since my friend went away from me, with his sheep. If I try to describe him here, it is to make sure that I shall not forget him. To forget a friend is sad. Not everyone has had a friend. And if I forget him, I may become like the grown-ups who are no longer interested in anything but figures. It is for that purpose, again, that I have bought a box of paints and some pencils. It is hard to take up drawing again at my age, when I have never made any pictures except those of the boa constrictor from the outside and the boa constrictor from the inside, since I was six. I shall certainly try to make my portraits as true to life as possible. But I am not at all sure of success. One drawing goes along all right, and another has no resemblance to its subject. I make some errors, too, in the little prince's height: in one place he is too tall and in another too short. And I feel some doubts about the color of his costume. So I fumble along as best I can, now good, now bad, and I hope generally fair-to-middling. In certain more important details I shall make mistakes, also. But that is something that will not be my fault. My friend never explained anything to me. He thought, perhaps, that I was likes himself. But I, alas, do not know how to see sheep through the walls of boxes. Perhaps I am a little like the grown-ups. I must have grown old.

Chapter 5

As each day passed I would learn, in our talk, something about the little prince's planet, his departure from it, and his journey. The information would come very slowly, as it might chance to fall from his thoughts. It was in this way that I heard, on the third day, about the catastrophe of the baobabs.

This time, once more, I had the sheep to thank for it. For the little prince asked me abruptly, as if seized by a grave doubt:

"It is true, isn't it, that sheep eat little bushes?"

"Yes, that is true."

"Ah! I am glad!"

I did not understand why it was so important that sheep should eat little hushes. But the little prince added:

"Then it follows that they also eat baobabs?"

I pointed out to the little prince that baobabs were not little bushes, but, on the contrary, trees as big as castles; and that even if he took a whole herd of elephants away with him, the herd would not eat up one single baobab.

The idea of the herd of elephants made the little prince laugh:

"We would have to put them one on top of the other..." he said.

But he made a wise comment:

"Before they grow so big, the baobabs start by being little."

"That is strictly correct," I said. "But why do you want the sheep to eat the little baobabs?"

He answered me at once, "Oh, come, come!", as if he were speaking of something that was self-evident. And I was obliged to make a great mental effort to solve this problem, without any assistance.

Indeed, as I learned, there were on the planet where the little prince lived—as on all planets—good plants and bad plants. In consequence, there were good seeds from good plants, and bad seeds from bad plants. But seeds are invisible. They sleep deep in the heart of the earth's darkness, until someone among them is seized with the desire to awaken. Then this little seed will stretch itself and begin—timidly at first—to push a charming little sprig inoffensively upward toward the sun. If it is only a sprout of radish or the sprig of a rose-bush, one would let it grow wherever it might wish. But when it is a bad plant, one must destroy it as soon as possible, the very first instant that one recognizes it. Now there were some terrible seeds on the planet that was the home of the little prince; and these were the seeds of the baobab. The soil of that planet was infested with them. A baobab is something you will never, never be able to get rid of if you attend to it too late. It spreads over the entire planet. It bores clear through it with its roots. And if the planet is too small, and the baobabs are too many, they split it in pieces.

"It is a question of discipline," the little prince said to me later on. "When you've finished your own toilet in the morning, then it is time to attend to the toilet of your planet, just so, with the greatest care. You must see to it that you pull up regularly all the baobabs, at the very first moment when they can be distinguished from the rose-bushes which they resemble so closely in their earliest youth. It is very tedious work," the little prince added, "but very easy."

And one day he said to me: "You ought to make a beautiful drawing, so that the children where you live can see exactly how all this is. That would be very useful to them if they were to travel someday. Sometimes," he added, "there is no harm in putting off a piece of work until another day. But when it is a matter of baobabs, that always means a catastrophe. I knew a planet that was inhabited by a lazy man. He neglected three little bushes..."

So, as the little prince described it to me, I have made a drawing of that planet. I do not much like to take the tone of a moralist. But the danger of the baobabs is so little understood, and such considerable risks would be run by anyone who might get lost on an asteroid, that for once I am breaking through my reserve. "Children," I say plainly, "watch out for the baobabs." My friends, like myself, have been skirting this danger for a long time, without ever knowing it; and so it is for them that I have worked so hard over this drawing. The lesson which I pass on by this means is worth all the trouble it has cost me. Perhaps you will ask me, "Why are there no other drawings in this book as magnificent and impressive as this drawing of the baobabs?" The reply is simple. I have tried. But with the others I have not been successful. When I made the drawing of the baobabs I was carried beyond myself by the inspiring force of urgent necessity.

Chapter 6

Oh, little prince! Bit by bit I came to understand the secrets of your sad little life...For a long time you had found your only entertainment in the quiet pleasure of looking at the sunset. I learned that new detail on the morning of the fourth day, when you said to me:

"I am very fond of sunsets. Come, let us go look at a sunset now."

"But we must wait," I said.

"Wait? For what?"

"For the sunset. We must wait until it is time."

At first you seemed to be very much surprised. And then you laughed to yourself. You said to me:

"I am always thinking that I am at home!"

Just so. Everybody knows that when it is noon in the United States the sun is setting over France. If you could fly to France in one minute, you could go straight into the sunset, right from noon. Unfortunately, France is too far away for that. But on your tiny planet, my little prince, all you need to do is move your chair a few steps. You can see the day end and the twilight falling whenever you like...

"One day," you said to me, "I saw the sunset forty-four times!"

And a little later you added:

"You know…one loves the sunset, when one is so sad..."

"Were you so sad, then?" I asked, "On the day of the forty-four sunsets?"

But the little prince made no reply.

Chapter 7

On the fifth day—again, as always, it was thanks to the sheep-
-the secret of the little prince's life was revealed to me. Abruptly,
without anything to lead up to it, and as if the question had been
born of long and silent meditation on his problem, he demanded:

"A sheep, if it eats little bushes, does it eat flowers, too?"

"A sheep," I answered, "eats anything it finds in its reach."

"Even flowers that have thorns?"

"Yes, even flowers that have thorns."

"Then the thorns—what use are they?"

I did not know. At that moment I was very busy trying to
unscrew a bolt that had got stuck in my engine. I was very much
worried, for it was becoming clear to me that the breakdown of my
plane was extremely serious. And I had so little drinking-water left
that I had to fear for the worst.

"The thorns—what use are they?"

The little prince never let go of a question, once he had asked
it. As for me, I was upset over that bolt. And I answered with the
first thing that came into my head:

"The thorns are of no use at all. Flowers have thorns just for
spite!"

"Oh!"

There was a moment of complete silence. Then the little prince flashed back at me, with a kind of resentfulness:

"I don't believe you! Flowers are weak creatures. They are naive. They reassure themselves as best they can. They believe that their thorns are terrible weapons..."

I did not answer. At that instant I was saying to myself: "If this bolt still won't turn, I am going to knock it out with the hammer." Again the little prince disturbed my thoughts:

"And you actually believe that the flowers..."

"Oh, no!" I cried. "No, no, no! I don't believe anything. I answered you with the first thing that came into my head. Don't you see — I am very busy with matters of consequence!"

He stared at me, thunderstruck.

"Matters of consequence!"

He looked at me there, with my hammer in my land, my fingers black with engine-grease, bending down over an object which seemed to him extremely ugly.

"You talk just like the grown-ups!"

That made me a little ashamed. But he went on, relentlessly:

"You mix everything up together...You confuse everything!"

He was really very angry. He tossed his golden curls in the breeze.

"I know a planet where there is a certain red-faced gentleman. He has never smelled a flower. He has never looked at a star. He has never loved anyone. He has never done anything in his life but add up figures. And all day he says over and over, just like you: 'I am busy with matters of consequence!' And that makes him swell up with pride. But he is not a man--he is a mushroom!"

"A what?"

"A mushroom!'

The little prince was now white with rage.

"The flowers have been growing thorns for millions of years. For millions of years the sheep have been eating them just the same. And is it not a matter of consequence to try to understand why the flowers go to so much trouble to grow thorns which are never of any use to them? Is the warfare between the sheep and the flowers not important? Is this not of more consequence than a fat red-faced gentleman's sums? And if I know−I, myself−one flower which is unique in the world, which grows nowhere but on my planet, but which one little sheep can destroy in a single bite some morning, without even noticing what he is doing−Oh! You think that is not important!"

His face turned from white to red as he continued:

"If someone loves a flower, of which just one single blossom grows in all the millions and millions of stars, it is enough to make him happy just to look at the stars. He can say to himself: Somewhere, my flower is there..." But if the sheep eats the flower, in one moment all his stars will be darkened...And you think that is not important!

He could not say anything more. His words were choked by sobbing. The night had fallen. I had let my tools drop from my hands. Of what moment now was my hammer, my bolt, or thirst, or death? On one star, one planet, my planet, the Earth, there was a little prince to be comforted. I took him in my arms, and rocked him. I said to him: "The flower that you love is not in danger. I will draw you a muzzle for your sheep...I will draw you a railing to put around your flower...I will..." I did not know what to say to him. I felt awkward and blundering. I did not know how I could reach him, where I could overtake him and go on land in hand with him once more. It is such a secret place, the land of tears!

Chapter 8

I soon learned to know this flower better. On the little prince's planet the flowers had always been very simple. They had only one ring of petals; they took up no room at all; they were a trouble to nobody. One morning they would appear in the grass, and by night they would have faded peacefully away. But one day, from a seed blown from no one knew where, a new flower had come up; and the little prince had watched very closely over this small sprout which was not like any other small sprouts on his planet. It might, you see, have been a new kind of baobab. But the shrub soon stopped growing, and began to get ready to produce a flower. The little prince, who was present at the first appearance of a huge bud, felt at once that some sort of miraculous apparition must emerge from it, but the flower would not end the preparations for her beauty in the shelter of her green chamber. She chose her colors with the greatest care. She dressed herself slowly. She adjusted her petals one by one. She did not wish to go out into the world all rumpled, like the field poppies. It was only in the full radiance of her beauty that she wished to appear. Oh, yes! She was a coquettish creature! And her mysterious adornment lasted for days and days. Then one morning, exactly at sunrise, she suddenly showed herself.

And, after working with all this painstaking precision, she yawned and said:

"Ah! I am scarcely awake. I beg that you will excuse me. My petals are still all disarranged..."

But the little prince could not restrain his admiration:

"Oh! How beautiful you are!"

"Am I not?" the flower responded, sweetly. "And I was born at the same moment as the sun..."

The little prince could guess easily enough that she was not any too modest, but how moving—and exciting—she was!

"I think it is time for breakfast," she added an instant later. "If you would have the kindness to think of my needs..."

And the little prince, completely abashed, went to look for a sprinkling-can of fresh water. So, he tended the flower.

So, too, she began very quickly to torment him with her vanity--which was, if the truth be known, a little difficult to deal with. One day, for instance, when she was speaking of her four thorns, she said to the little prince:

"Let the tigers come with their claws!"

"There are no tigers on my planet," the little prince objected. "And, anyway, tigers do not eat weeds."

"I am not a weed." the flower replied, sweetly.

"Please excuse me..."

"I am not at all afraid of tigers," she went on, "but I have a horror of drafts. I suppose you wouldn't have a screen for me?"

"A horror of drafts...that is bad luck, for a plant," remarked the little prince, and added to himself: this flower is a very complex creature...

"At night I want you to put me under a glass globe. It is very cold where you live. In the place I came from..."

But she interrupted herself at that point. She had come in the form of a seed. She could not have known anything of any other worlds. Embarrassed over having let herself be caught on the verge of such a naive untruth, she coughed two or three times, in order to put the little prince in the wrong:

"The screen?"

"I was just going to look for it when you spoke to me!"

Then she forced her cough a little more so that he should suffer from remorse just the same.

So the little prince, in spite of all the good will that was inseparable from his love, had soon come to doubt her. He had taken seriously words which were without importance, and it made him very unhappy.

"I ought not to have listened to her," he confided to me one day. "One never ought to listen to the flowers. One should simply look at them and breathe their fragrance. Mine perfumed my entire planet. But I did not know how to take pleasure in all her grace. This tale of claws, which disturbed me so much, should only have filled my heart with tenderness and pity."

And he continued his confidences:

"The fact is that I did not know how to understand anything! I ought to have judged by deeds and not by words. She cast her fragrance and her radiance over me. I ought never to have run away from her... I ought to have guessed all the affection that lay behind her poor little stratagems. Flowers are so inconsistent! But I was too young to know how to love her..."

Chapter 9

I believe that for his escape he took advantage of the migration of a flock of wild birds. On the morning of his departure he put his planet in perfect order. He carefully cleaned out his active volcanoes. He possessed two active volcanoes; and they were very convenient for heating his breakfast in the morning. He also had one volcano that was extinct. "But," as he said. "One never knows!" So he cleaned out the extinct volcano, too. If they are well cleaned out, volcanoes burn slowly and steadily, without any eruptions. Volcanic eruptions are like fires in a chimney. On our earth we are obviously much too small to clean out our volcanoes. That is why they bring no end of trouble upon us.

The little prince also pulled up, with a certain sense of dejection, the last little shoots of the baobabs. He believed that he would never have to return. But on this last morning all these familiar tasks seemed very precious to him. And when he watered the flower for the last time, and prepared to place her under the shelter of her glass globe, he realized that he was very close to tears.

"Goodbye," he said to the flower.

But she made no answer.

"Goodbye," he said again.

The flower coughed. But it was not because she had a cold. "I have been silly," she said to him, at last. "I ask your forgiveness. Try to be happy."

He was surprised by this absence of reproaches. He stood there all bewildered, the glass globe held arrested in midair. He did not understand this quiet sweetness.

"Of course I love you!" the flower said to him. "It is my fault that you have not known it all the while. That is of no importance. But you...you have been just as foolish as I. Try to be happy...Let the glass globe be. I don't want it any more."

"But the wind..."

"My cold is not too bad as all that...The cool night air will do me good. I am a flower."

"But the animals..."

"Well, I must endure the presence of two or three caterpillars if I wish to become acquainted with the butterflies. It seems that they are very beautiful. And if not the butterflies — and the caterpillars — who will call upon me? You will be far away...As for the large animals — I am not at all afraid of any of them. I have my claws."

And, naively, she showed her four thorns. Then she added:

"Don't linger like this. You have decided to go away. Now go!"

For she did not want him to see her crying. She was such a proud flower...

Chapter 10

He found himself in the neighborhood of the asteroids 325, 326, 327, 328, 329, and 330. He began, therefore, by visiting them, in order to add to his knowledge.

The first of them was inhabited by a king. Clad in royal purple and ermine, he was seated upon a throne which was at the same time both simple and majestic.

"Ah! Here is a subject!" exclaimed the king, when he saw the little prince coming.

And the little prince asked himself:

"How could he recognize me when he had never seen me before?"

He did not know how the world is simplified for kings. To them, all men are subjects.

"Approach, so that I may see you better," said the king, who felt consumingly proud of being at last a king over somebody.

The little prince looked everywhere to find a place to sit down; but the entire planet was crammed and obstructed by the king's magnificent ermine robe. So he remained standing upright, and, since he was tired, he yawned.

"It is contrary to etiquette to yawn in the presence of a king," the monarch said to him. "I forbid you to do so."

"I can't help it. I can't stop myself," replied the little prince, thoroughly embarrassed. "I have come on a long journey, and I have had no sleep..."

"Ah, then," the king said. "I order you to yawn. It is years since I have seen anyone yawning. Yawns, to me, are objects of curiosity. Come, now! Yawn again! It is an order."

"That frightens me ... I cannot, any more..." murmured the little prince, now completely abashed.

"Hum! Hum!" replied the king. "Then I...I order you sometimes to yawn and sometimes to—"

He sputtered a little, and seemed vexed.

For what the king fundamentally insisted upon was that his authority should be respected. He tolerated no disobedience. He was an absolute monarch. But, because he was a very good man, he made his orders reasonable.

"If I ordered a general," he would say, by way of example, "if I ordered a general to change himself into a sea bird, and if the general did not obey me, that would not be the fault of the general. It would be my fault."

"May I sit down?" came now a timid inquiry from the little prince.

"I order you to do so," the king answered him, and majestically gathered in a fold of his ermine mantle.

But the little prince was wondering...The planet was tiny. Over what could this king really rule?

"Sire," he said to him, "I beg that you will excuse my asking you a question—"

"I order you to ask me a question," the king hastened to assure him.

"Sire, over what do you rule?"

"Over everything," said the king, with magnificent simplicity.

"Over everything?"

The king made a gesture, which took in his planet, the other planets, and all the stars.

"Over all that?" asked the little prince.

"Over all that..." the king answered.

For his rule was not only absolute, it was also universal.

"And the stars obey you?"

"Certainly they do!" the king said. "They obey instantly. I do not permit insubordination."

Such power was a thing for the little prince to marvel at. If he had been master of such complete authority, he would have been able to watch the sunset, not forty-four times in one day, but seventy-two, or even a hundred, or even two hundred times, without ever having to move his chair. And because he felt a bit sad as he remembered his little planet which he had forsaken, he plucked up his courage to ask the king a favor:

"I should like to see a sunset...Do me that kindness...Order the sun to set..."

"If I ordered a general to fly from one flower to another like a butterfly, or to write a tragic drama, or to change himself into a sea bird, and if the general did not carry out the order that he had received, which one of us would be in the wrong?" the king demanded. "The general, or myself?"

"You!" said the little prince firmly.

"Exactly. One must require from each one the duty which each one can perform," the king went on. "Accepted authority rests first of all on reason. If you ordered your people to go and throw themselves into the sea, they would rise up in revolution. I have the right to require obedience because my orders are reasonable."

"Then my sunset?" the little prince reminded him, for he never forgot a question once he had asked it.

"You shall have your sunset. I shall command it. But, according to my science of government, I shall wait until conditions are favorable."

"When will that be?" inquired the little prince.

"Hum! Hum!" replied the king; and before saying anything else he consulted a bulky almanac. "Hum! Hum! That will be about... about... that will be this evening about twenty minutes to eight. And you will see how well I am obeyed!"

The little prince yawned. He was regretting his lost sunset. And then, too, he was already beginning to be a little bored.

"I have nothing more to do here," he said to the king. "So I shall set out on my way again."

"Do not go." said the king, who was very proud of having a subject. "Do not go. I will make you a minister!"

"Minister of what?"

"Minister of... of Justice!"

"But there is nobody here to judge!"

"We do not know that," the king said to him. "I have not yet made a complete tour of my kingdom. I am very old. There is no room here for a carriage. And it tires me to walk."

"Oh, but I have looked already!" said the little prince, turning around to give one more glance to the other side of the planet. On that side, as on this, there was nobody at all...

"Then you shall judge yourself," the king answered. "That is the most difficult thing of all. It is much more difficult to judge oneself than to judge others. If you succeed in judging yourself rightly, then you are indeed a man of true wisdom."

"Yes," said the little prince, "but I can judge myself anywhere. I do not need to live on this planet."

"Hum! Hum!" said the king. "I have good reason to believe that somewhere on my planet there is an old rat. I hear him at night. You can judge this old rat. From time to time you will condemn him to death. Thus his life will depend on your justice. But you will pardon him on each occasion; for he must be treated thriftily. He is the only one we have."

"I," replied the little prince, "do not like to condemn anyone to death. And now I think I will go on my way."

"No!" said the king.

But the little prince, having now completed his preparations for departure, had no wish to grieve the old monarch.

"If Your Majesty wishes to be promptly obeyed," he said, "he should be able to give me a reasonable order. He should be able, for example, to order me to be gone by the end of one minute. It seems to me that conditions are favorable..."

As the king made no answer, the little prince hesitated a moment. Then, with a sigh, he took his leave.

"I make you my Ambassador," the king called out hastily.

He had a magnificent air of authority.

"The grown-ups are very strange," the little prince said to himself, as he continued on his journey.

Chapter 11

The second planet was inhabited by a conceited man.

"Ah! Ah! I am about to receive a visit from an admirer!" he exclaimed from afar, when he first saw the little prince coming.

For, to conceited men, all other men are admirers.

"Good morning!" said the little prince. "That is a queer hat you are wearing."

"It is a hat for salutes." the conceited man replied. "It is to raise in salute when people acclaim me. Unfortunately, nobody at all ever passes this way."

"Yes?" said the little prince, who did not understand what the conceited man was talking about.

"Clap your hands, one against the other." the conceited man now directed him.

The little prince clapped his hands. The conceited man raised his hat in a modest salute.

"This is more entertaining than the visit to the king," the little prince said to himself. And he began again to clap his hands, one against the other. The conceited man again raised his hat in salute.

After five minutes of this exercise, the little prince grew tired of the game's monotony.

"And what should one do to make the hat come down?" he asked.

But the conceited man did not hear him. Conceited people never hear anything but praise.

"Do you really admire me very much?" he demanded of the little prince.

"What does that mean — 'admire'?"

"To admire means that you regard me as the handsomest, the best-dressed, the richest, and the most intelligent man on this planet."

"But you are the only man on your planet!"

"Do me this kindness. Admire me just the same."

"I admire you," said the little prince, shrugging his shoulders slightly, "but what is there in that to interest you so much?"

And the little prince went away.

"The grown-ups are certainly very odd," he said to himself, as he continued on his journey.

Chapter 12

The next planet was inhabited by a tippler. This was a very short visit, but it plunged the little prince into deep dejection.

"What are you doing there?" he said to the tippler, whom he found settled down in silence before a collection of empty bottles and also a collection of full bottles.

"I am drinking," replied the tippler, with a lugubrious air.

"Why are you drinking?" demanded the little prince.

"So that I may forget," replied the tippler.

"Forget what?" inquired the little prince, who already was sorry for him.

"Forget that I am ashamed," the tippler confessed, hanging his head.

"Ashamed of what?" insisted the little prince, who wanted to help him.

"Ashamed of drinking!" The tippler brought his speech to an end, and shut himself up in an impregnable silence.

And the little prince went away, puzzled.

"The grown-ups are certainly very, very odd!" he said to himself, as he continued on his journey.

Chapter 13

The fourth planet belonged to a businessman. This man was so much occupied that he did not even raise his head upon the little prince's arrival.

"Good morning," the little prince said to him. "Your cigarette has gone out."

"Three and two make five. Five and seven make twelve. Twelve and three make fifteen. Good morning. Fifteen and seven make twenty-two. Twenty-two and six make twenty-eight. I haven't time to light it again. Twenty-six and five make thirty-one. Phew! Then that makes five-hundred-and-one million, six-hundred-twenty-two thousand, seven-hundred-thirty-one."

"Five hundred million what?" asked the little prince.

"Eh? Are you still there? Five-hundred-and-one million — I can't stop...I have so much to do! I am concerned with matters of consequence. I don't amuse myself with balderdash. Two and five make seven..."

"Five-hundred-and-one million what?" repeated the little prince, who never in his life had let go of a question once he had asked it.

The businessman raised his head:

"During the fifty-four years that I have inhabited this planet, I have been disturbed only three times. The first time was twenty-two years ago, when some giddy goose fell from goodness knows where. He made the most frightful noise that resounded all over the place, and I made four mistakes in my addition. The second time, eleven years ago, I was disturbed by an attack of rheumatism. I don't get enough exercise. I have no time for loafing. The third time — well, this is it! I was saying, then, five-hundred-and-one million — "

"Millions of what?"

The businessman suddenly realized that there was no hope of being left in peace until he answered this question.

"Millions of those little objects," he said, "which one sometimes sees in the sky."

"Flies?"

"Oh, no. Little glittering objects."

"Bees?"

"Oh, no. Little golden objects that set lazy men to idle dreaming. As for me, I am concerned with matters of consequence. There is no time for idle dreaming in my life."

"Ah! You mean the stars?"

"Yes, that's it. The stars."

"And what do you do with five-hundred million of stars?"

"Five-hundred-and-one million, six-hundred-twenty-two thousand, seven-hundred-thirty-one. I am concerned with matters of consequence. I am accurate."

"And what do you do with these stars?"

"What do I do with them?"

"Yes."

"Nothing. I own them."

"You own the stars?"

"Yes."

"But I have already seen a king who..."

"Kings do not own, they reign over. It is a very different matter."

"And what good does it do you to own the stars?"

"It does me the good of making me rich."

"And what good does it do you to be rich?"

"It makes it possible for me to buy more stars, if any are discovered."

"This man," the little prince said to himself, "reasons a little like my poor tippler..."

Nevertheless, he still had some more questions:

"How is it possible for one to own the stars?"

"To whom do they belong?" the businessman retorted, peevishly.

"I don't know. To nobody."

"Then they belong to me, because I was the first person to think of it."

"Is that all that is necessary?"

"Certainly. When you find a diamond that belongs to nobody, it is yours. When you discover an island that belongs to nobody, it is yours. When you get an idea before anyone else, you take out a patent on it, it is yours. So with me, I own the stars, because nobody else before me ever thought of owning them."

"Yes, that is true," said the little prince. "And what do you do with them?"

"I administer them," replied the businessman. "I count them and recount them. It is difficult. But I am a man who is naturally interested in matters of consequence."

The little prince was still not satisfied.

"If I owned a silk scarf," he said, "I could put it around my neck and take it away with me. If I owned a flower, I could pluck that flower and take it away with me. But you cannot pluck the stars from heaven..."

"No. But I can put them in the bank."

"Whatever does that mean?"

"That means that I write the number of my stars on a little paper and then I put this paper in a drawer and lock it with a key."

"And that is all?"

"That is enough," said the businessman.

"It is entertaining," thought the little prince. "It is rather poetic. But it is of no great consequence."

On matters of consequence, the little prince had ideas which were very different from those of the grown-ups.

"I myself own a flower," he continued his conversation with the businessman, "which I water every day. I own three volcanoes, which I clean out every week. For I also clean out the one that is extinct; one never knows. It is of some use to my volcanoes, and it is of some use to my flower, that I own them. But you are of no use to the stars..."

The businessman opened his mouth, but he found nothing to say in answer. And the little prince went away.

"The grown-ups are certainly altogether extraordinary," he said simply, talking to himself as he continued on his journey.

Chapter 14

The fifth planet was very strange. It was the smallest of all. There was just enough room on it for a street lamp and a lamplighter. The little prince was not able to reach any explanation of the use of a street lamp and a lamplighter, somewhere in the heavens, on a planet which had no people, and not one house. But he said to himself, nevertheless:

"It may well be that this man is absurd. But he is not so absurd as the king, the conceited man, the businessman, and the tippler. For at least his work has some meaning. When he lights his street lamp, it is as if he brought one more star to life, or one flower. When he puts out his lamp, he sends the flower, or the star, to sleep. That is a beautiful occupation. And since it is beautiful, it is truly useful."

When he arrived on the planet, he respectfully saluted the lamplighter.

"Good morning, why have you just put out your lamp?"

"Those are the orders," replied the lamplighter. "Good morning."

"What are the orders?"

"The orders are that I put out my lamp. Good evening."

And he lighted his lamp again.

"But why have you just lighted it again?"

"Those are the orders," replied the lamplighter.

"I do not understand," said the little prince.

"There is nothing to understand," said the lamplighter. "Orders are orders. Good morning."

And he put out his lamp.

Then he mopped his forehead with a handkerchief decorated with red squares.

"I follow a terrible profession. In the old days it was reasonable. I put the lamp out in the morning, and in the evening I lighted it again. I had the rest of the day for relaxation and the rest of the night for sleep."

"And the orders have been changed since that time?"

"The orders have not been changed," said the lamplighter. "That is the tragedy! From year to year the planet has turned more rapidly, and the orders have not been changed!"

"Then what?" asked the little prince.

"Then—the planet now makes a complete turn every minute, and I no longer have a single second for repose. Once every minute I have to light my lamp and put it out!"

"That is very funny! A day lasts only one minute, here where you live!"

"It is not funny at all!" said the lamplighter. "While we have been talking together a month has gone by."

"A month?"

"Yes, a month. Thirty minutes. Thirty days. Good evening."

And he lighted his lamp again.

As the little prince watched him, he felt that he loved this lamplighter who was so faithful to his orders. He remembered the sunsets which he himself had gone to seek, in other days, merely by pulling up his chair; and he wanted to help his friend.

"You know," he said, "I can tell you a way you can rest whenever you want to..."

"I always want to rest," said the lamplighter.

For it is possible for a man to be faithful and lazy at the same time.

The little prince went on with his explanation:

"Your planet is so small that three strides will take you all the way around it. To be always in the sunshine, you need only walk along rather slowly. When you want to rest, you will walk--and the day will last as long as you like."

"That doesn't do me much good," said the lamplighter. "The one thing I love in life is to sleep."

"Then you're unlucky," said the little prince.

"I am unlucky," said the lamplighter. "Good morning."

And he put out his lamp.

"That man," said the little prince to himself, as he continued farther on his journey, "that man would be scorned by all the others; by the king, by the conceited man, by the tippler, by the businessman. Nevertheless he is the only one of them all who does not seem to me ridiculous. Perhaps that is because he is thinking of something else besides himself."

He breathed a sigh of regret, and said to himself, again:

"That man is the only one of them all whom I could have made my friend. But his planet is indeed too small. There is no room on it for two people..."

What the little prince did not dare confess was that he was sorry most of all to leave this planet, because it was blessed every day with 1,440 sunsets!

Chapter 15

The sixth planet was ten times larger than the last one. It was inhabited by an old gentleman who wrote voluminous books.

"Oh, look! Here is an explorer!" he exclaimed to himself when he saw the little prince coming.

The little prince sat down on the table and panted a little. He had already traveled so much and so far!

"Where do you come from?" the old gentleman said to him.

"What is that big book?" said the little prince. "What are you doing?"

"I am a geographer," said the old gentleman.

"What is a geographer?" asked the little prince.

"A geographer is a scholar who knows the location of all the seas, rivers, towns, mountains, and deserts."

"That is very interesting." said the little prince. "Here at last is a man who has a real profession!" And he cast a look around him at the planet of the geographer. It was the most magnificent and stately planet that he had ever seen.

"Your planet is very beautiful," he said. "Has it any oceans?"

"I couldn't tell you," said the geographer.

"Ah!" The little prince was disappointed. "Has it any mountains?"

"I couldn't tell you," said the geographer.

"And towns, and rivers, and deserts?"

"I couldn't tell you that, either"

"But you are a geographer!"

"Exactly," the geographer said. "But I am not an explorer. I haven't a single explorer on my planet. It is not the geographer who goes out to count the towns, the rivers, the mountains, the seas, the oceans, and the deserts. The geographer is much too important to go loafing about. He does not leave his desk. But he receives the explorers in his study. He asks them questions, and he notes down what they recall of their travels. And if the recollections of any one among them seem interesting to him, the geographer orders an inquiry into that explorer's moral character."

"Why is that?"

"Because an explorer who told lies would bring disaster on the books of the geographer. So would an explorer who drank too much."

"Why is that?" asked the little prince.

"Because intoxicated men see double. Then the geographer would note down two mountains in a place where there was only one."

"I know someone," said the little prince, "who would make a bad explorer."

"That is possible. Then, when the moral character of the explorer is shown to be good, an inquiry is made into his discovery."

"One goes to see it?"

"No. That would be too complicated. But one requires the

explorer to furnish proofs. For example, if the discovery in question is that of a large mountain, one requires that large stones be brought back from it."

The geographer was suddenly stirred to excitement.

"But you — you come from far away! You are an explorer! You shall describe your planet to me!"

And, having opened his big register, the geographer sharpened his pencil. The recitals of explorers are put down first in pencil. One waits until the explorer has furnished proofs, before putting them down in ink.

"Well?" said the geographer expectantly.

"Oh, where I live," said the little prince, "it is not very interesting. It is all so small. I have three volcanoes. Two volcanoes are active and the other is extinct. But one never knows."

"One never knows," said the geographer.

"I have also a flower."

"We do not record flowers," said the geographer.

"Why is that? The flower is the most beautiful thing on my planet!"

"We do not record them," said the geographer, "because they are ephemeral."

"What does that mean — 'ephemeral'?"

"Geographies," said the geographer, "are the books which, of all books, are most concerned with matters of consequence. They never become old-fashioned. It is very rarely that a mountain changes its position. It is very rarely that an ocean empties itself of its water. We write of eternal things."

"But extinct volcanoes may come to life again," the little prince interrupted. "What does that mean — 'ephemeral'?"

"Whether volcanoes are extinct or alive, it comes to the same thing for us," said the geographer. "The thing that matters to us is the mountain. It does not change."

"But what does that mean — 'ephemeral'?" repeated the little prince, who never in his life had let go of a question, once he had asked it.

"It means, 'which is in danger of speedy disappearance'."

"Is my flower in danger of speedy disappearance?"

"Certainly it is."

"My flower is ephemeral," the little prince said to himself, "and she has only four thorns to defend herself against the world. And I have left her on my planet, all alone!"

That was his first moment of regret. But he took courage once more.

"What place would you advise me to visit now?" he asked.

"The planet Earth," replied the geographer. "It has a good reputation."

And the little prince went away, thinking of his flower.

Chapter 16

So then the seventh planet was the Earth.

The Earth is not just an ordinary planet! One can count, there, 111 kings (not forgetting, to be sure, the Negro kings), 7,000 geographers, 900,000 businessmen, 7,500,000 tipplers, and 311,000,000 conceited men—that is to say, about 2,000,000,000 grown-ups.

To give you an idea of the size of the Earth, I will tell you that before the invention of electricity it was necessary to maintain, over the whole of the six continents, a veritable army of 462,511 lamplighters for the street lamps.

Seen from a slight distance, that would make a splendid spectacle. The movements of this army would be regulated like those of the ballet in the opera. First would come the turn of the lamplighters of New Zealand and Australia. Having set their lamps alight, these would go off to sleep. Next, the lamplighters of China and Siberia would enter for their steps in the dance, and then they too would be waved back into the wings. After that would come the turn of the lamplighters of Russia and the Indies; then those of Africa and Europe; then those of South America; then those of North America. And never would they make a mistake in the order of their entry upon the stage. It would be magnificent.

Only the man who was in charge of the single lamp at the

North Pole, and his colleague who was responsible for the single lamp at the South Pole — only these two would live free from toil and care: they would be busy twice a year.

Chapter 17

When one wishes to play the wit, he sometimes wanders a little from the truth. I have not been altogether honest in what I have told you--about the lamplighters. And I realize that I run the risk of giving a false idea of our planet to those who do not know it. Men occupy a very small place upon the Earth. If the two billion inhabitants who people its surface were all to stand upright and somewhat crowded together, as they do for some big public assembly, they could easily be put into one public square twenty miles long and twenty miles wide. All humanity could be piled up on a small Pacific islet.

The grown-ups, to be sure, will not believe you when you tell them that. They imagine that they fill a great deal of space. They fancy themselves as important as the baobabs. You should advise them, then, to make their own calculations. They adore figures, and that will please them. But do not waste your time on this extra task. It is unnecessary. You have, I know, confidence in me.

When the little prince arrived on the Earth, he was very much surprised not to see any people. He was beginning to be afraid he had come to the wrong planet, when a coil of gold, the color of the moonlight, flashed across the sand.

"Good evening," said the little prince courteously.

"Good evening," said the snake.

"What planet is this on which I have come down?" asked the

little prince.

"This is the Earth; this is Africa," the snake answered.

"Ah! Then there are no people on the Earth?"

"This is the desert. There are no people in the desert. The Earth is large," said the snake.

The little prince sat down on a stone, and raised his eyes toward the sky.

"I wonder," he said, "whether the stars are set alight in heaven so that one day each one of us may find his own again... Look at my planet. It is right there above us. But how far away it is!"

"It is beautiful!" the snake said. "What has brought you here?"

"I have been having some trouble with a flower," said the little prince.

"Ah!" said the snake.

And they both fell silent.

"Where are the men?" the little prince at last took up the conversation again. "It is a little lonely in the desert..."

"It is also lonely among men," the snake said.

The little prince gazed at him for a long time.

"You are a funny animal," he said at last, "you are no thicker than a finger..."

"But I am more powerful than the finger of a king," said the snake.

The little prince smiled and said:

"You are not very powerful. You haven't even any feet. You cannot even travel..."

"I can carry you farther than any ship could take you," said the snake.

He twined himself around the little prince's ankle, like a golden bracelet.

"Whomever I touch, I send back to the earth from whence he came," the snake spoke again. "But you are innocent and true, and you come from a star..."

The little prince made no reply.

"You move me to pity — you are so weak on this Earth made of granite," the snake said. "I can help you, someday, if you grow too homesick for your own planet. I can..."

"Oh! I understand you very well," said the little prince. "But why do you always speak in riddles?"

"I solve them all," said the snake.

And they both fell silent.

Chapter 18

The little prince crossed the desert and met with only one flower. It was a flower with three petals, a flower of no account at all.

"Good morning!" said the little prince.

"Good morning!" said the flower

"Where are the men?" the little prince asked, politely

The flower had once seen a caravan passing.

"Men?" she echoed. "I think there are six or seven of them in existence. I saw them, several years ago. But one never knows where to find them. The wind blows them away. They have no roots, and that makes their life very difficult."

"Goodbye," said the little prince.

"Goodbye," said the flower.

Chapter 19

After that, the little prince climbed a high mountain. The only mountains he had ever known were the three volcanoes, which came up to his knees. And he used the extinct volcano as a footstool. "From a mountain as high as this one," he said to himself, "I shall be able to see the whole planet at one glance, and all the people..." But he saw nothing, save peaks of rock that were sharpened like needles.

"Good morning!" he said courteously.

"Good morning — Good morning — Good morning!" answered the echo.

"Who are you?" said the little prince.

"Who are you — Who are you — Who are you?" answered the echo.

"Be my friends. I am all alone." he said.

"I am all alone — all alone — all alone!" answered the echo.

"What a queer planet!" he thought. "It is altogether dry, and altogether pointed, and altogether sharp and forbidding. And the people have no imagination. They repeat whatever one says to them...On my planet I had a flower; she always was the first to speak..."

Chapter 20

But it happened that after walking for a long time through sand, and rocks, and snow, the little prince at last came upon a road. And all roads lead to the abodes of men.

"Good morning!" he said.

He was standing before a garden, all abloom with roses.

"Good morning!" said the roses.

The little prince gazed at them. They all looked like his flower.

"Who are you?" he demanded, thunderstruck.

"We are roses," the roses said.

"Ah!" the little prince was dumb...

And he was overcome with sadness. His flower had told him that she was the only one of her kind in the entire universe. And here were five thousand of them, all alike, in one single garden!

"She would be very much annoyed," he said to himself, "if she should see that... She would cough most dreadfully, and she would pretend that she was dying, to avoid being laughed at. And I should be obliged to pretend that I was nursing her back to life — for if I did not do that, to humble myself also, she would really allow herself to die..."

Then he went on with his reflections: "I thought that I was rich, with a flower that was unique in the whole world; and all I had was a common rose. A common rose, and three volcanoes that come up to my knees — and one of them perhaps extinct forever...That doesn't make me a very great prince..." And he lay down in the grass and cried.

Chapter 21

It was then that the fox appeared.

"Good morning!" said the fox.

"Good morning!" the little prince responded politely, although when he turned around he saw nothing.

"I am right here," the voice said, "under the apple tree."

"Who are you?" asked the little prince, and added, "You are very pretty to look at."

"I am a fox," the fox said.

"Come and play with me," proposed the little prince. "I am so unhappy"

"I cannot play with you," the fox said. "I am not tamed."

"Ah! Please excuse me," said the little prince.

But, after some thought, he added:

"What does that mean — 'tame'?"

"You do not live here," said the fox. "What is it that you are looking for?"

"I am looking for men," said the little prince. "What does that mean — 'tame'?"

"Men!" said the fox. "They have guns, and they hunt. It is very disturbing. They also raise chickens. These are their only interests. Are you looking for chickens?"

"No," said the little prince. "I am looking for friends. What does that mean — 'tame'?"

"It is an act too often neglected," said the fox. "It means to 'establish ties'."

"Establish ties?"

"Just that," said the fox. "To me, you are still nothing more than a little boy who is just like a hundred thousand other little boys. And I have no need of you. And you, on your part, have no need of me. To you, I am nothing more than a fox like a hundred thousand other foxes. But if you tame me, then we shall need each other. To me, you will be unique in the entire world. To you, I shall be unique in the entire world..."

"I am beginning to understand," said the little prince. "There is a flower... I think that she has tamed me..."

"It is possible," said the fox. "On the Earth one sees all sorts of things..."

"Oh! But it is not on the Earth." said the little prince.

The fox seemed perplexed, and very curious:

"On another planet?"

"Yes."

"Are there hunters on that planet?"

"No"

"Ah, that is interesting! Are there chickens?"

"No."

"Nothing is perfect," sighed the fox.

But he came back to his idea.

"My life is very monotonous," he said. "I hunt chickens; men hunt me. All the chickens are just alike, and all the men are just alike. And, in consequence, I am a little bored. But if you tame me, it will be as if the sun came to shine on my life. I shall know the sound of a step that will be different from all the others. Other steps send me hurrying back underneath the ground. Yours will call me, like music, out of my burrow. And then look: you see the wheat fields down yonder? I do not eat bread. Wheat is of no use to me. The wheat fields have nothing to say to me. And that is sad. But you have hair that is the color of gold. Think how wonderful that will be when you have tamed me! The wheat, which is also golden, will bring me back the thought of you. And I shall love to listen to the wind in the wheat..."

The fox gazed at the little prince, for a long time.

"Please — tame me!" He said.

"I want to, very much," the little prince replied. "But I have not much time. I have friends to discover, and a great many things to understand."

"One only understands the things that one tames," said the fox. "Men have no more time to understand anything. They buy things already made at the shops. But there is no shop anywhere where one can buy friendship, and so men have no friends any more. If you want a friend, tame me!"

"What must I do, to tame you?" asked the little prince.

"You must be very patient." replied the fox. "First you will sit down at a little distance from me — like that — in the grass. I shall look at you out of the corner of my eye, and you will say nothing.

Words are the source of misunderstandings. But you will sit a little closer to me, every day..."

The next day the little prince came back.

"It would have been better to come back at the same hour," said the fox. "If, for example, you come at four o'clock in the afternoon, then at three o'clock I shall begin to be happy. I shall feel happier and happier as the hour advances. At four o'clock, I shall already be worrying and jumping about. I shall show you how happy I am! But if you come at just any time, I shall never know at what hour my heart is to be ready to greet you... One must observe the proper rites..."

"What is a rite?" asked the little prince.

"Those also are actions too often neglected," said the fox. "They are what make one day different from other days, one hour from other hours. There is a rite, for example, among my hunters. Every Thursday they dance with the village girls. So Thursday is a wonderful day for me! I can take a walk as far as the vineyards. But if the hunters danced at just any time, every day would be like every other day, and I should never have any vacation at all."

So the little prince tamed the fox. And when the hour of his departure drew near:

"Ah!" said the fox, "I shall cry..."

"It is your own fault," said the little prince. "I never wished you any sort of harm; but you wanted me to tame you..."

"Yes, that is so," said the fox.

"But now you are going to cry!" said the little prince.

"Yes, that is so." said the fox.

"Then it has done you no good at all!"

"It has done me good," said the fox, "because of the color of the wheat fields."

And then he added:

"Go and look again at the roses. You will understand now that yours is unique in the entire world. Then come back to say goodbye to me, and I will make you a present of a secret."

The little prince went away, to look again at the roses.

"You are not at all like my rose," he said. "As yet you are nothing. No one has tamed you, and you have tamed no one. You are like my fox when I first knew him. He was only a fox like a hundred thousand other foxes. But I have made him my friend, and now he is unique in the entire world."

And the roses were very much embarrassed.

"You are beautiful, but you are empty," he went on. "One could not die for you. To be sure, an ordinary passerby would think that my rose — the one that belongs to me — looks just like you. But in herself alone she is more important than all the hundreds of you other roses: because it is she that I have watered; because it is she that I have put under the glass globe; because it is she that I have sheltered behind the screen; because it is for her that I have killed the caterpillars (except the two or three that we saved to become butterflies); because it is she that l have listened to, when she grumbled, or boasted, or even sometimes when she said nothing. Because she is my rose."

And he went back to meet the fox.

"Goodbye," he said.

"Goodbye," said the fox. "And now here is my secret, a very simple secret: It is only with the heart that one can see rightly; what is essential is invisible to the eye."

"What is essential is invisible to the eyes," the little prince repeated, so that he would be sure to remember.

"It is the time you have wasted for your rose that makes your rose so important."

"It is the time I have wasted for my rose..." said the little prince, so that he would be sure to remember.

"Men have forgotten this truth," said the fox. "But you must not forget it. You become responsible, forever, for what you have tamed. You are responsible for your rose..."

"I am responsible for my rose..." the little prince repeated, so that he would be sure to remember.

Chapter 22

"Good morning!" said the little prince.

"Good morning!" said the railway switchman.

"What do you do here?" the little prince asked.

"I sort out travelers, in bundles of a thousand," said the switchman. "I send off the trains that carry them: now to the right, now to the left."

And a brilliantly lighted express train shook the switchman's cabin as it rushed by with a roar-like thunder.

"They are in a great hurry," said the little prince. "What are they looking for?"

"Not even the locomotive engineer knows that," said the switchman.

And a second brilliantly lighted express thundered by, in the opposite direction.

"Are they coming back already?" demanded the little prince.

"These are not the same ones," said the switchman. "It is an exchange."

"Were they not satisfied where they were?" asked the little prince.

"No one is ever satisfied where he is," said the switchman.

And they heard the roaring thunder of a third brilliantly lighted express.

"Are they pursuing the first travelers?" demanded the little prince.

"They are pursuing nothing at all," said the switchman. "They are asleep in there, or if they are not asleep they are yawning. Only the children are flattening their noses against the window panes."

"Only the children know what they are looking for," said the little prince. "They waste their time over a rag doll and it becomes very important to them; and if anybody takes it away from them, they cry..."

"They are lucky," the switchman said.

Chapter 23

"Good morning!" said the little prince.

"Good morning!" said the merchant.

This was a merchant who sold pills that had been invented to quench thirst. You need only swallow one pill a week, and you would feel no need of anything to drink.

"Why are you selling those?" asked the little prince.

"Because they save a tremendous amount of time," said the merchant. "Computations have been made by experts. With these pills, you save fifty-three minutes in every week."

"And what do I do with those fifty-three minutes?"

"Anything you like..."

"As for me," said the little prince to himself, "if I had fifty-three minutes to spend as I liked, I should walk at my leisure toward a spring of fresh water."

Chapter 24

It was now the eighth day since I had had my accident in the desert, and I had listened to the story of the merchant as I was drinking the last drop of my water supply.

"Ah," I said to the little prince, "these memories of yours are very charming; but I have not yet succeeded in repairing my plane; I have nothing more to drink; and I, too, should be very happy if I could walk at my leisure toward a spring of fresh water!"

"My friend the fox..." the little prince said to me.

"My dear little man, this is no longer a matter that has anything to do with the fox!"

"Why not?"

"Because I am about to die of thirst..."

He did not follow my reasoning, and he answered me:

"It is a good thing to have had a friend, even if one is about to die. I, for instance, am very glad to have had a fox as a friend..."

"He has no way of guessing the danger," I said to myself. "He has never been either hungry or thirsty. A little sunshine is all he needs..."

But he looked at me steadily, and replied to my thought:

"I am thirsty, too. Let us look for a well..."

I made a gesture of weariness. It is absurd to look for a well, at random, in the immensity of the desert. But nevertheless we started walking.

When we had trudged along for several hours, in silence, the darkness fell, and the stars began to come out. Thirst had made me a little feverish, and I looked at them as if I were in a dream. The little prince's last words came reeling back into my memory:

"Then you are thirsty, too?" I demanded.

But he did not reply to my question. He merely said to me:

"Water may also be good for the heart..."

I did not understand this answer, but I said nothing. I knew very well that it was impossible to cross-examine him.

He was tired. He sat down. I sat down beside him. And, after a little silence, he spoke again:

"The stars are beautiful, because of a flower that cannot be seen."

I replied, "Yes, that is so." And, without saying anything more, I looked across the ridges of sand that were stretched out before us in the moonlight.

"The desert is beautiful," the little prince added.

And that was true. I have always loved the desert. One sits down on a desert sand dune, sees nothing, hears nothing. Yet through the silence something throbs, and gleams...

"What makes the desert beautiful," said the little prince, "is that somewhere it hides a well..."

I was astonished by a sudden understanding of that mysterious radiation of the sands. When I was a little boy I lived in an old house, and legend told us that a treasure was buried there. To be sure, no one had ever known how to find it; perhaps no one had ever even looked for it. But it cast an enchantment over that house. My home was hiding a secret in the depths of its heart...

"Yes!" I said to the little prince. "The house, the stars, the desert--what gives them their beauty is something that is invisible!"

"I am glad," he said, "that you agree with my fox."

As the little prince dropped off to sleep, I took him in my arms and set out walking once more. I felt deeply moved, and stirred. It seemed to me that I was carrying a very fragile treasure. It seemed to me, even, that there was nothing more fragile on the whole Earth. In the moonlight I looked at his pale forehead, his closed eyes, his locks of hair that trembled in the wind, and I said to myself: "What I see here is nothing but a shell. What is most important is invisible..."

As his lips opened slightly with the suspicion of a half-smile, I said to myself, again: "What moves me so deeply, about this little prince who is sleeping here, is his loyalty to a flower—the image of a rose that shines through his whole being like the flame of a lamp, even when he is asleep..." And I felt him to be more fragile still. I felt the need of protecting him, as if he himself were a flame that might be extinguished by a little puff of wind...

And, as I walked on so, I found the well, at daybreak.

Chapter 25

"Men," said the little prince, "set out on their way in express trains, but they do not know what they are looking for. Then they rush about, and get excited, and turn round and round..."

And he added:

"It is not worth the trouble..."

The well that we had come to was not like the wells of the Sahara. The wells of the Sahara are mere holes dug in the sand. This one was like a well in a village. But there was no village here, and I thought I must be dreaming...

"It is strange," I said to the little prince. "Everything is ready for use: the pulley, the bucket, the rope..."

He laughed, touched the rope, and set the pulley to working. And the pulley moaned, like an old weathervane which the wind has long since forgotten.

"Do you hear?" said the little prince. "We have wakened the well, and it is singing..."

I did not want him to tire himself with the rope.

"Leave it to me," I said. "It is too heavy for you."

I hoisted the bucket slowly to the edge of the well and set it there—happy, tired as I was, over my achievement. The song of the pulley was still in my ears, and I could see the sunlight shimmer in the still trembling water.

"I am thirsty for this water," said the little prince. "Give me some of it to drink..."

And I understood what he had been looking for.

I raised the bucket to his lips. He drank, his eyes closed. It was as sweet as some special festival treat. This water was indeed a different thing from ordinary nourishment. Its sweetness was born of the walk under the stars, the song of the pulley, the effort of my arms. It was good for the heart, like a present. When I was a little boy, the lights of the Christmas tree, the music of the Midnight Mass, the tenderness of smiling faces, used to make up, so, the radiance of the gifts I received.

"The men where you live," said the little prince, "raise five thousand roses in the same garden, and they do not find in it what they are looking for."

"They do not find it." I replied.

"And yet what they are looking for could be found in one single rose, or in a little water."

"Yes, that is true," I said.

And the little prince added:

"But the eyes are blind. One must look with the heart..."

I had drunk the water. I breathed easily. At sunrise the sand is the color of honey and that honey color was making me happy, too. What brought me, then, this sense of grief?

"You must keep your promise," said the little prince, softly, as he sat down beside me once more.

"What promise?"

"You know...a muzzle for my sheep...I am responsible for this flower..."

I took my rough drafts of drawings out of my pocket. The little prince looked them over, and laughed as he said:

"Your baobabs, they look a little like cabbages..."

"Oh!"

I had been so proud of my baobabs!

"Your fox...his ears look a little like horns... and they are too long."

And he laughed again.

"You are not fair, little prince," I said. "I don't know how to draw anything except boa constrictors from the outside and boa constrictors from the inside."

"Oh, that will be all right," he said, "children understand."

So then I made a pencil sketch of a muzzle. And as I gave it to him my heart was torn.

"You have plans that I do not know about..." I said.

But he did not answer me. He said to me, instead:

"You know, my descent on the Earth...Tomorrow will be its anniversary"

Then, after a silence, he went on:

"I came down very near here..."

And he flushed.

And once again, without understanding why, I had a queer sense of sorrow. One question, however, occurred to me:

"Then it was not by chance that on the morning when I first

met you — a week ago — you were strolling along like that, all alone, a thousand miles from any inhabited region? You were on your way back to the place where you landed?"

The little prince flushed again.

And I added, with some hesitancy:

"Perhaps it was because of the anniversary?"

The little prince flushed once more. He never answered questions, but when one flushes, does that not mean "Yes"?

"Ah!" I said to him, "I am a little frightened..."

But he interrupted me.

"Now you must work. You must return to your engine. I will be waiting for you here. Come back tomorrow evening..."

But I was not reassured. I remembered the fox. One runs the risk of weeping a little, if one has let himself be tamed...

Chapter 26

Beside the well there was the ruin of an old stone wall. When I came back from my work, the next evening, I saw from some distance away my little prince sitting on top of this wall, with his feet dangling. And I heard him say:

"Then you don't remember. This is not the exact spot."

Another voice must have answered him, for he replied to it:

"Yes! Yes! It is the right day, but this is not the place."

I continued my walk toward the wall. At no time did I see or hear anyone. The little prince, however, replied once again:

"...Exactly. You will see where my track begins, in the sand. You have nothing to do but wait for me there. I shall be there tonight."

I was only twenty meters from the wall, and I still saw nothing.

After a silence the little prince spoke again:

"You have good poison? You are sure that it will not make me suffer too long?"

I stopped in my tracks, my heart torn asunder; but still I did not understand.

"Now go away," said the little prince. "I want to get gown from the wall."

I dropped my eyes, then, to the foot of the wall—and I leaped into the air. There before me, facing the little prince, was one of those yellow snakes that take just thirty seconds to bring your life to an end. Even as I was digging into my pocket to get out my revolver I made a running step back. But, at the noise I made, the snake let himself flow easily across the sand like the dying spray of a fountain, and, in no apparent hurry, disappeared, with a light metallic sound, among the stones.

I reached the wall just in time to catch my little man in my arms; his face was white as snow.

"What does this mean?" I demanded. "Why, now you are talking with snakes!"

I had loosened the golden muffler that he always wore. I had moistened his temples, and had given him some water to drink. And now I did not dare ask him any more questions. He looked at me very gravely, and put his arms around my neck. I felt his heart beating like the heart of a dying bird, shot with someone's rifle...

"I am glad that you have found what was the matter with your engine," he said. "Now you can go back home..."

"How do you know about that?"

I was just coming to tell him that my work had been successful, beyond anything that I had dared to hope.

He made no answer to my question, but he added:

"I, too, am going back home today..."

Then, he said sadly:

"It is much farther...It is much more difficult..."

I realized clearly that something extraordinary was happening. I was holding him close in my arms as if he were a little child; and yet it seemed to me that he was rushing headlong toward an abyss from which I could do nothing to restrain him...

His look was very serious, like someone lost far away.

"I have your sheep. And I have the sheep's box. And I have the muzzle..."

And he gave me a sad smile.

I waited a long time. I could see that he was reviving little by little.

"Dear little man," I said to him, "you are afraid..."

He was afraid, there was no doubt about that. But he laughed lightly.

"I shall be much more afraid this evening..."

Once again I felt myself frozen by the sense of something irreparable. And I knew that I could not bear the thought of never hearing that laughter any more. For me, it was like a spring of fresh water in the desert.

"Little man," I said, "I want to hear you laugh again."

But he said to me:

"Tonight, it will be a year...My star, then, can be found right above the place where I came to the Earth, a year ago..."

"Little man," I said, "tell me that it is only a bad dream — this affair of the snake, and the meeting-place, and the star..."

But he did not answer my plea. He said to me, instead:

"The thing that is important is the thing that is not seen..."

"Yes, I know..."

"It is just as it is with the flower. If you love a flower that lives on a star, it is sweet to look at the sky at night. All the stars are abloom with flowers..."

"Yes, I know..."

"It is just as it is with the water. Because of the pulley, and the rope, what you gave me to drink was like music. You remember – how good it was."

"Yes, I know..."

"And at night you will look up at the stars. Where I live everything is so small that I cannot show you where my star is to be found. It is better, like that. My star will be just one of the stars, for you. And so you will love to watch all the stars in the heavens... They will all be your friends. And, besides, I am going to make you a present..."

He laughed again.

"Ah! Little prince, dear little prince! I love to hear that laughter!"

"That is my present. Just that. It will be as it was when we drank the water..."

"What are you trying to say?"

"All men have the stars," he answered, "but they are not the same things for different people. For some, who are travelers, the stars are guides. For others they are no more than little lights in the sky. For others, who are scholars, they are problems. For my businessman they were wealth. But all these stars are silent. You... you alone...will have the stars as no one else has them – "

"What are you trying to say?"

"In one of the stars I shall be living. In one of them I shall be laughing. And so it will be as if all the stars were laughing, when you look at the sky at night...You — only you — will have stars that can laugh!"

And he laughed again.

"And when your sorrow is comforted — time soothes all sorrows — you will be content that you have known me. You will always be my friend. You will want to laugh with me. And you will sometimes open your window, so, for that pleasure... And your friends will be properly astonished to see you laughing as you look up at the sky! Then you will say to them, 'Yes, the stars always make me laugh!' And they will think you are crazy. It will be a very shabby trick that I shall have played on you..."

And he laughed again.

"It will be as if, in place of the stars, I had given you a great number of little bells that knew how to laugh..."

And he laughed again. Then he quickly became serious:

"Tonight — you know... Do not come."

"I shall not leave you," I said.

"I shall look as if l were suffering. I shall look a little as if I were dying. It is like that. Do not come to see that. It is not worth the trouble..."

"I shall not leave you."

But he was worried.

"I tell you...it is also because of the snake. He must not bite you. Snakes — they are malicious creatures. This one might bite you just for fun..."

"I shall not leave you."

But a thought came to reassure him:

"It is true that they have no more poison for a second bite."

That night I did not see him set out on his way. He got away from me without making a sound. When I succeeded in catching up with him he was walking along with a quick and resolute step. He said to me merely:

"Ah! You are there..."

And he took me by the hand. Bu he was still worrying.

"It was wrong of you to come. You will suffer. I shall look as if I were dead; and that will not be true..."

I said nothing.

"You understand...It is too far. I cannot carry this body with me. It is too heavy."

I said nothing.

"But it will be like an old abandoned bark of a tree. There is nothing sad about old barks..."

I said nothing.

He was a little discouraged. But he made one more effort:

"You know, it will be very nice. I, too, shall look at the stars. All the stars will be wells with a rusty pulley. All the stars will pour out fresh water for me to drink..."

I said nothing.

"That will be so amusing! You will have five hundred million little bells, and I shall have five hundred million springs of fresh water..."

And he too said nothing more, because he was crying...

"Here it is. Let me go on by myself."

And he sat down, because he was afraid. Then he said, again:

"You know...my flower...I am responsible for her. And she is so weak! She is so naive! She has four thorns, of no use at all, to protect herself against all the world..."

I too sat down, because I was not able to stand up any longer. He said:

"There now...That is all..."

He still hesitated a little; then he got up. He took one step. I could not move.

There was nothing there but a flash of yellow close to his ankle. He remained motionless for an instant. He did not cry out. He fell as gently as a tree falls. There was not even any sound, because of the sand.

Chapter 27

And now six years have already gone by... I have never yet told this story. The companions who met me on my return were well content to see me alive. I was sad, but I told them: "I am tired."

Now my sorrow is comforted a little. That is to say...not entirely. But I know that he did go back to his planet, because I did not find his body at daybreak. It was not such a heavy body...And at night I love to listen to the stars. It is like five hundred million little bells...

But there is one extraordinary thing...When I drew the muzzle for the little prince, I forgot to add the leather strap to it. He will never have been able to fasten it on his sheep. So now I keep wondering: what is happening on his planet? Perhaps the sheep has eaten the flower...

Sometimes I say to myself: "Surely not! The little prince shuts his flower under her glass globe every night, and he watches over his sheep very carefully..." Then I am happy. And there is sweetness in the laughter of all the stars.

But at other times I say to myself: "At some moment or other one is absent-minded, and that is enough! On one evening, he forgot the glass globe, or the sheep got out, without making any noise, in the night..." And then the little bells are changed to tears...

Here, then, is a great mystery. For you who also love the

little prince, and for me, nothing in the universe can be the same if somewhere, we do not know where, a sheep that we never saw has — yes or no? — eaten a rose...

Look up at the sky. Ask yourselves: Is it yes or no? Has the sheep eaten the flower? And you will see how everything changes...

And no grown-ups will ever understand that this is a matter of so much importance!

This is, to me, the loveliest and saddest landscape in the world. It is the same as that on the preceding page, but I have drawn it again to impress it on your memory. It is here that the little prince appeared on Earth, and disappeared.

Look at it carefully so that you will be sure to recognize it in case you travel someday to the African desert. And, if you should come upon this spot, please do not hurry on. Wait for a time, exactly under the star. Then, if a little man appears who laughs, who has golden hair and who refuses to answer questions, you will know who he is. If this should happen, please comfort me, don't leave me so sad. Send me word that he has come back.

Le Petit Prince

Le Chapitre I

Lorsque j'avais six ans j'ai vu, une fois, une magnifique image, dans un livre sur la forêt vierge qui s'appelait Histoires Vécues. Ça représentait un serpent boa qui avalait un fauve. Voilà la copie du dessin.

On disait dans le livre : « Les serpents boas avalent leur proie tout entière, sans la mâcher. Ensuite ils ne peuvent plus bouger et ils dorment pendant les six mois de leur digestion. »

J'ai alors beaucoup réfléchi sur les aventures de la jungle et, à mon tour, j'ai réussi, avec un crayon de couleur, à tracer mon premier dessin. Mon dessin numéro 1. Il était comme ça :

J'ai montré mon chef-d'œuvre aux grandes personnes et je leur ai demandé si mon dessin leur faisait peur.

Elles m'ont répondu : « Pourquoi un chapeau ferait-il peur ? »

Mon dessin ne représentait pas un chapeau. Il représentait un serpent boa qui digérait un éléphant. J'ai alors dessiné l'intérieur du serpent boa, afin que les grandes personnes puissent comprendre. Elles ont toujours besoin d'explications. Mon dessin numéro 2 était comme ça :

Les grandes personnes m'ont conseillé de laisser de côté les dessins de serpents boas ouverts ou fermés, et de m'intéresser plutôt à la géographie, à l'histoire, au calcul et à la grammaire. C'est ainsi que j'ai abandonné, à l'âge de six ans, une magnifique carrière de peintre. J'avais été découragé par l'insuccès de mon dessin numéro 1 et de mon dessin numéro 2. Les grandes personnes ne comprennent jamais rien toutes seules, et c'est fatigant, pour les enfants, de toujours et toujours leur donner des explications.

J'ai donc dû choisir un autre métier et j'ai appris à piloter des avions. J'ai volé un peu partout dans le monde. Et la géographie, c'est exact, m'a beaucoup servi. Je savais reconnaître, du premier coup d'œil, la Chine de l'Arizona. C'est très utile, si l'on s'est égaré pendant la nuit.

J'ai ainsi eu, au cours de ma vie, des tas de contacts avec des tas de gens sérieux. J'ai beaucoup vécu chez les grandes personnes. Je les ai vues de très près. Ça n'a pas trop amélioré mon opinion.

Quand j'en rencontrais une qui me paraissait un peu lucide, je faisais l'expérience sur elle de mon dessin numéro 1 que j'ai toujours conservé. Je voulais savoir si elle était vraiment compréhensive. Mais toujours elle me répondait : « C'est un chapeau. » Alors je ne lui parlais ni de serpents boas, ni de forêts vierges, ni d'étoiles. Je me mettais à sa portée. Je lui parlais de bridge, de golf, de politique et de cravates. Et la grande personne était bien contente de connaître un homme aussi raisonnable...

Le Chapitre II

J'ai ainsi vécu seul, sans personne avec qui parler véritablement, jusqu'à une panne dans le désert du Sahara, il y a six ans. Quelque chose s'était cassé dans mon moteur. Et comme je n'avais avec moi ni mécanicien, ni passagers, je me préparai à essayer de réussir, tout seul, une réparation difficile. C'était pour moi une question de vie ou de mort. J'avais à peine de l'eau à boire pour huit jours.

Le premier soir je me suis donc endormi sur le sable à mille milles de toute terre habitée. J'étais bien plus isolé qu'un naufragé sur un radeau au milieu de l'océan. Alors vous imaginez ma surprise, au lever du jour, quand une drôle de petite voix m'a réveillé. Elle disait :

« S'il vous plaît... dessine-moi un mouton ! »

-Hein !

-Dessine-moi un mouton... »

J'ai sauté sur mes pieds comme si j'avais été frappé par la foudre. J'ai bien frotté mes yeux. J'ai bien regardé. Et j'ai vu un petit bonhomme tout à fait extraordinaire qui me considérait gravement. Voilà le meilleur portrait que, plus tard, j'ai réussi à faire de lui. Mais mon dessin, bien sûr, est beaucoup moins ravissant que le modèle. Ce n'est pas ma faute. J'avais été découragé dans ma carrière de peintre par les grandes personnes, à l'âge de six ans, et je n'avais rien appris à dessiner, sauf les boas fermés et les boas ouverts.

Je regardai donc cette apparition avec des yeux tout ronds d'étonnement. N'oubliez pas que je me trouvais à mille milles de toute région habitée. Or mon petit bonhomme ne me semblait ni égaré, ni mort de fatigue, ni mort de faim, ni mort de soif, ni mort de peur. Il n'avait en rien l'apparence d'un enfant perdu au milieu du désert, à mille milles de toute région habitée. Quand je réussis enfin à parler, je lui dis :

« Mais... qu'est-ce que tu fais là ? »

Et il me répéta alors, tout doucement, comme une chose très sérieuse :

« S'il vous plaît... dessine-moi un mouton... »

Quand le mystère est trop impressionnant, on n'ose pas désobéir. Aussi absurde que cela me semblât à mille milles de tous les endroits habités et en danger de mort, je sortis de ma poche une feuille de papier et un stylographe. Mais je me rappelai alors que j'avais surtout étudié la géographie, l'histoire, le calcul et la grammaire et je dis au petit bonhomme (avec un peu de mauvaise humeur) que je ne savais pas dessiner. Il me répondit :

« Ça ne fait rien. Dessine-moi un mouton. »

Comme je n'avais jamais dessiné un mouton je refis, pour lui, l'un des deux seuls dessins dont j'étais capable. Celui du boa fermé. Et je fus stupéfait d'entendre le petit bonhomme me répondre :

« Non ! Non ! Je ne veux pas d'un éléphant dans un boa. Un boa c'est très dangereux, et un éléphant c'est très encombrant. Chez moi c'est tout petit. J'ai besoin d'un mouton. Dessine-moi un mouton. »

Alors j'ai dessiné.

Il regarda attentivement, puis :

« Non ! Celui-là est déjà très malade. Fais-en un autre. »

Je dessinai.

Mon ami sourit gentiment, avec indulgence :

« Tu vois bien... ce n'est pas un mouton, c'est un bélier. Il a des cornes... »

Je refis donc encore mon dessin :

Mais il fut refusé, comme les précédents :

« Celui-là est trop vieux. Je veux un mouton qui vive longtemps. »

Alors, faute de patience, comme j'avais hâte de commencer le démontage de mon moteur, je griffonnai ce dessin-ci.

Et je lançai :

« Ça c'est la caisse. le mouton que tu veux est dedans. »

Mais je fus bien surpris de voir s'illuminer le visage de mon jeune juge :

« C'est tout à fait comme ça que je le voulais ! Crois-tu qu'il faille beaucoup d'herbe à ce mouton ?

-Pourquoi ?

-Parce que chez moi c'est tout petit...

-Ça suffira sûrement. Je t'ai donné un tout petit mouton. »

Il pencha la tête vers le dessin :

« Pas si petit que ça... Tiens ! Il s'est endormi... »

Et c'est ainsi que je fis la connaissance du petit prince.

Le Chapitre III

Il me fallut longtemps pour comprendre d'où il venait. Le petit prince, qui me posait beaucoup de questions, ne semblait jamais entendre les miennes. Ce sont des mots prononcés par hasard qui, peu à peu, m'ont tout révélé. Ainsi, quand il aperçut pour la première fois mon avion (je ne dessinerai pas mon avion, c'est un dessin beaucoup trop compliqué pour moi) il me demanda :

« Qu'est-ce que c'est que cette chose-là ?

-Ce n'est pas une chose. Ça vole. C'est un avion. C'est mon avion. »

Et j'étais fier de lui apprendre que je volais. Alors il s'écria :

« Comment ! tu es tombé du ciel !

-Oui, fis-je modestement.

-Ah ! ça c'est drôle !... »

Et le petit prince eut un très joli éclat de rire qui m'irrita beaucoup. Je désire que l'on prenne mes malheurs au sérieux. Puis il ajouta :

« Alors, toi aussi tu viens du ciel ! De quelle planète es-tu ? »

J'entrevis aussitôt une lueur, dans le mystère de sa présence, et j'interrogeai brusquement :

« Tu viens donc d'une autre planète ? »

Mais il ne me répondit pas. Il hochait la tête doucement tout en regardant mon avion :

«C'est vrai que, là-dessus, tu ne peux pas venir de bien loin...»

Et il s'enfonça dans une rêverie qui dura longtemps. Puis, sortant mon mouton de sa poche, il se plongea dans la contemplation de son trésor.

Vous imaginez combien j'avais pu être intrigué par cette demi-confidence sur "les autres planètes». Je m'efforçai donc d'en savoir plus long :

«D'où viens-tu, mon petit bonhomme ? Où est-ce "chez toi" ? Où veux-tu emporter mon mouton ?»

Il me répondit après un silence méditatif :

«Ce qui est bien, avec la caisse que tu m'as donnée, c'est que, la nuit, ça lui servira de maison.

-Bien sûr. Et si tu es gentil, je te donnerai aussi une corde pour l'attacher pendant le jour. Et un piquet.»

La proposition parut choquer le petit prince :

«L'attacher ? Quelle drôle d'idée !

-Mais si tu ne l'attaches pas, il ira n'importe où, et il se perdra...»

Et mon ami eut un nouvel éclat de rire :

«Mais où veux-tu qu'il aille !

-N'importe où. Droit devant lui...»

Alors le petit prince remarqua gravement :

«Ça ne fait rien, c'est tellement petit, chez moi !»

Et, avec un peu de mélancolie, peut-être, il ajouta :

«Droit devant soi on ne peut pas aller bien loin...»

Le Chapitre IV

J'avais ainsi appris une seconde chose très importante : C'est que sa planète d'origine était à peine plus grande qu'une maison !

Ça ne pouvait pas m'étonner beaucoup. Je savais bien qu'en dehors des grosses planètes comme la Terre, Jupiter, Mars, Vénus, auxquelles on a donné des noms, il y en a des centaines d'autres qui sont quelquefois si petites qu'on a beaucoup de mal à les apercevoir au télescope. Quand un astronome découvre l'une d'elles, il lui donne pour nom un numéro. Il l'appelle par exemple : « l'astéroïde 325. »

J'ai de sérieuses raisons de croire que la planète d'où venait le petit prince est l'astéroïde B 612. Cet astéroïde n'a été aperçu qu'une fois au télescope, en 1909, par un astronome turc.

Il avait fait alors une grande démonstration de sa découverte à un Congrès International d'Astronomie. Mais personne ne l'avait cru à cause de son costume. Les grandes personnes sont comme ça.

Heureusement, pour la réputation de l'astéroïde B 612, un dictateur turc imposa à son peuple, sous peine de mort, de s'habiller à l'européenne. L'astronome refit sa démonstration en 1920, dans un habit très élégant. Et cette fois-ci tout le monde fut de son avis.

Si je vous ai raconté ces détails sur l'astéroïde B 612 et si je vous ai confié son numéro, c'est à cause des grandes personnes. Les grandes personnes aiment les chiffres. Quand vous leur parlez d'un nouvel ami, elles ne vous questionnent jamais sur l'essentiel. Elles ne vous disent jamais : «Quel est le son de sa voix ? Quels sont les jeux qu'il préfère ? Est-ce qu'il collectionne les papillons ?» Elles vous demandent: «Quel âge a-t-il ? Combien a-t-il de frères ? Combien pèse-t-il ? Combien gagne son père ?» Alors seulement elles croient le connaître. Si vous dites aux grandes personnes : «J'ai vu une belle maison en briques roses, avec des géraniums aux fenêtres et des colombes sur le toit...», elles ne parviennent pas à s'imaginer cette maison. Il faut leur dire : «J'ai vu une maison de cent mille francs.» Alors elles s'écrient : «Comme c'est joli !»

Ainsi, si vous leur dites : «La preuve que le petit prince a existé c'est qu'il était ravissant, qu'il riait, et qu'il voulait un mouton. Quand on veut un mouton, c'est la preuve qu'on existe», elles hausseront les épaules et vous traiteront d'enfant ! Mais si vous leur dites : «La planète d'où il venait est l'astéroïde B 612», alors elles seront convaincues, et elles vous laisseront tranquille avec leurs questions. Elles sont comme ça. Il ne faut pas leur en vouloir. Les enfants doivent être très indulgents envers les grandes personnes.

Mais, bien sûr, nous qui comprenons la vie, nous nous moquons bien des numéros ! J'aurais aimé commencer cette histoire à la façon des contes de fées. J'aurais aimé dire :

«Il était une fois un petit prince qui habitait une planète à peine plus grande que lui, et qui avait besoin d'un ami...» Pour ceux qui comprennent la vie, ça aurait eu l'air beaucoup plus vrai.

Car je n'aime pas qu'on lise mon livre à la légère, J'éprouve tant de chagrin à raconter ces souvenirs. Il y a six ans déjà que mon ami s'en est allé avec son mouton. Si j'essaie ici de le décrire, c'est afin de ne pas l'oublier. C'est triste d'oublier un ami. Tout le monde n'a pas eu un ami. Et je puis devenir comme les grandes personnes qui ne s'intéressent plus qu'aux chiffres. C'est donc pour ça encore que j'ai acheté une boîte de couleurs et des crayons. C'est dur de se remettre au dessin, à mon âge, quand on n'a jamais fait d'autres tentatives que celle d'un boa fermé et celle d'un boa ouvert, à l'âge de six ans ! J'essaierai, bien sûr, de faire des portraits le plus ressemblants possible. Mais je ne suis pas tout à fait certain de réussir. Un dessin va, et l'autre ne ressemble plus. Je me trompe un peu aussi sur la taille. Ici le petit prince est trop grand. Là il est trop petit. J'hésite aussi sur la couleur de son costume. Alors je tâtonne comme ci et comme ça, tant bien que mal. Je me tromperai enfin sur certains détails plus importants. Mais ça, il faudra me le pardonner. Mon ami ne donnait jamais d'explications. Il me croyait peut-être semblable à lui. Mais moi, malheureusement, je ne sais pas voir les moutons à travers les caisses. Je suis peut-être un peu comme les grandes personnes. J'ai dû vieillir.

Le Chapitre V

Chaque jour j'apprenais quelque chose sur la planète, sur le départ, sur le voyage. Ça venait tout doucement, au hasard des réflexions. C'est ainsi que, le troisième jour, je connus le drame des baobabs.

Cette fois-ci encore ce fut grâce au mouton, car brusquement le petit prince m'interrogea, comme pris d'un doute grave :

« C'est bien vrai, n'est-ce pas, que les moutons mangent les arbustes ?

-Oui. C'est vrai.

-Ah ! Je suis content ! »

Je ne compris pas pourquoi il était si important que les moutons mangeassent les arbustes. Mais le petit prince ajouta :

« Par conséquent ils mangent aussi les baobabs ? »

Je fis remarquer au petit prince que les baobabs ne sont pas des arbustes, mais des arbres grands comme des églises et que, si même il emportait avec lui tout un troupeau d'éléphants, ce troupeau ne viendrait pas à bout d'un seul baobab.

L'idée du troupeau d'éléphants fit rire le petit prince :

« Il faudrait les mettre les uns sur les autres... »

Mais il remarqua avec sagesse :

« Les baobabs, avant de grandir, ça commence par être petit.

-C'est exact ! Mais pourquoi veux-tu que tes moutons mangent les petits baobabs ? »

Il me répondit : « Ben ! Voyons ! », comme s'il s'agissait là d'une évidence. Et il me fallut un grand effort d'intelligence pour comprendre à moi seul ce problème.

Et en effet, sur la planète du petit prince, il y avait comme sur toutes les planètes, de bonnes herbes et de mauvaises herbes. Par conséquent de bonnes graines de bonnes herbes et de mauvaises graines de mauvaises herbes. Mais les graines sont invisibles. Elles dorment dans le secret de la terre jusqu'à ce qu'il prenne fantaisie à l'une d'elles de se réveiller. Alors elle s'étire, et pousse d'abord timidement vers le soleil une ravissante petite brindille inoffensive. S'il s'agit d'une brindille de radis ou de rosier, on peut la laisser pousser comme elle veut. Mais s'il s'agit d'une mauvaise plante, il faut arracher la plante aussitôt, dès qu'on a su la reconnaître. Or il y avait des graines terribles sur la planète du petit prince... c'étaient les graines de baobabs. Le sol de la planète en était infesté. Or un baobab, si l'on s'y prend trop tard, on ne peut jamais plus s'en débarrasser. Il encombre toute la planète. Il la perfore de ses racines. Et si la planète est trop petite, et si les baobabs sont trop nombreux, ils la font éclater.

« C'est une question de discipline, me disait plus tard le petit prince. Quand on a terminé sa toilette du matin, il faut faire soigneusement la toilette de la planète. Il faut s'astreindre régulièrement à arracher les baobabs dès qu'on les distingue d'avec les rosiers auxquels ils ressemblent beaucoup quand ils sont très jeunes. C'est un travail très ennuyeux, mais très facile. »

Et un jour il me conseilla de m'appliquer à réussir un beau dessin, pour bien faire entrer ça dans la tête des enfants de chez moi. « S'ils voyagent un jour, me disait-il, ça pourra leur servir. Il est quelquefois sans inconvénient de remettre à plus tard son travail. Mais, s'il s'agit des baobabs, c'est toujours une catastrophe. J'ai connu une planète, habitée par un paresseux. Il avait négligé trois arbustes... »

Et, sur les indications du petit prince, j'ai dessiné cette planète-là. Je n'aime guère prendre le ton d'un moraliste. Mais le danger des baobabs est si peu connu, et les risques courus par celui qui s'égarerait dans un astéroïde sont si considérables, que, pour une fois, je fais exception à ma réserve. Je dis : « Enfants ! Faites attention aux baobabs ! » C'est pour avertir mes amis d'un danger qu'ils frôlaient depuis longtemps, comme moi-même, sans le connaître, que j'ai tant travaillé ce dessin-là. La leçon que je donnais en valait la peine. Vous vous demanderez peut-être : Pourquoi n'y a-t-il pas, dans ce livre, d'autres dessins aussi grandioses que le dessin des baobabs ? La réponse est bien simple : J'ai essayé mais je n'ai pas pu réussir. Quand j'ai dessiné les baobabs, j'ai été animé par le sentiment de l'urgence.

Le Chapitre VI

Ah ! petit prince, j'ai compris, peu à peu, ainsi, ta petite vie mélancolique. Tu n'avais eu longtemps pour distraction que la douceur des couchers de soleil. J'ai appris ce détail nouveau, le quatrième jour au matin, quand tu m'as dit :

« J'aime bien les couchers de soleil. Allons voir un coucher de soleil...

-Mais il faut attendre...

-Attendre quoi ?

-Attendre que le soleil se couche. »

Tu as eu l'air très surpris d'abord, et puis tu as ri de toi-même. Et tu m'as dit :

« Je me crois toujours chez moi ! »

En effet. Quand il est midi aux États-Unis, le soleil, tout le monde le sait, se couche sur la France. Il suffirait de pouvoir aller en France en une minute pour assister au coucher de soleil. Malheureusement la France est bien trop éloignée. Mais, sur ta si petite planète, il te suffisait de tirer ta chaise de quelques pas. Et tu regardais le crépuscule chaque fois que tu le désirais...

« Un jour, j'ai vu le soleil se coucher quarante-quatre fois ! »

Et un peu plus tard tu ajoutais :

« Tu sais... quand on est tellement triste, on aime les couchers de soleil...

-Le jour des quarante-quatre fois, tu étais donc tellement triste
?»

Mais le petit prince ne répondit pas.

Le Chapitre VII

Le cinquième jour, toujours grâce au mouton, ce secret de la vie du petit prince me fut révélé. Il me demanda avec brusquerie, sans préambule, comme le fruit d'un problème longtemps médité en silence :

« Un mouton, s'il mange les arbustes, il mange aussi les fleurs?

-Un mouton mange tout ce qu'il rencontre.

-Même les fleurs qui ont des épines ?

-Oui. Même les fleurs qui ont des épines.

-Alors les épines, à quoi servent-elles ? »

Je ne le savais pas. J'étais alors très occupé à essayer de dévisser un boulon trop serré de mon moteur. J'étais très soucieux car ma panne commençait de m'apparaître comme très grave, et l'eau à boire qui s'épuisait me faisait craindre le pire.

« Les épines, à quoi servent-elles ? »

Le petit prince ne renonçait jamais à une question, une fois qu'il l'avait posée. J'étais irrité par mon boulon et je répondis n'importe quoi :

« Les épines, ça ne sert à rien, c'est de la pure méchanceté de la part des fleurs !

-Oh ! »

Mais après un silence il me lança, avec une sorte de rancune :

« Je ne te crois pas ! Les fleurs sont faibles. Elles sont naïves.

Elles se rassurent comme elles peuvent. Elles se croient terribles
avec leurs épines... »

Je ne répondis rien. À cet instant-là je me disais : « Si ce boulon
résiste encore, je le ferai sauter d'un coup de marteau. » Le petit
prince dérangea de nouveau mes réflexions :

« Et tu crois, toi, que les fleurs...

-Mais non ! Mais non ! Je ne crois rien ! J'ai répondu n'importe
quoi. Je m'occupe, moi, de choses sérieuses ! »

Il me regarda stupéfait.

« De choses sérieuses ! »

Il me voyait, mon marteau à la main, et les doigts noirs de
cambouis, penché sur un objet qui lui semblait très laid.

« Tu parles comme les grandes personnes ! »

Ça me fit un peu honte. Mais, impitoyable, il ajouta :

« Tu confonds tout... tu mélanges tout ! »

Il était vraiment très irrité. Il secouait au vent des cheveux tout
dorés :

« Je connais une planète où il y a un monsieur cramoisi. Il n'a
jamais respiré une fleur. Il n'a jamais regardé une étoile. Il n'a jamais
aimé personne. Il n'a jamais rien fait d'autre que des additions. Et
toute la journée il répète comme toi : " Je suis un homme sérieux ! Je
suis un homme sérieux ! ", et ça le fait gonfler d'orgueil. Mais ce n'est
pas un homme, c'est un champignon !

-Un quoi ?

-Un champignon ! »

Le petit prince était maintenant tout pâle de colère.

« Il y a des millions d'années que les fleurs fabriquent des épines. Il y a des millions d'années que les moutons mangent quand même les fleurs. Et ce n'est pas sérieux de chercher à comprendre pourquoi elles se donnent tant de mal pour se fabriquer des épines qui ne servent jamais à rien ? Ce n'est pas important la guerre des moutons et des fleurs ? Ce n'est pas plus sérieux et plus important que les additions d'un gros monsieur rouge ? Et si je connais, moi, une fleur unique au monde, qui n'existe nulle part, sauf dans ma planète, et qu'un petit mouton peut anéantir d'un seul coup, comme ça, un matin, sans se rendre compte de ce qu'il fait, ce n'est pas important ça ! »

Il rougit, puis reprit :

« Si quelqu'un aime une fleur qui n'existe qu'à un exemplaire dans les millions et les millions d'étoiles, ça suffit pour qu'il soit heureux quand il les regarde. Il se dit : "Ma fleur est là quelque part..." Mais, si le mouton mange la fleur, c'est pour lui comme si, brusquement, toutes les étoiles s'éteignaient ! Et ce n'est pas important ça ! »

Il ne put rien dire de plus. Il éclata brusquement en sanglots. La nuit était tombée. J'avais lâché mes outils. Je me moquais bien de mon marteau, de mon boulon, de la soif et de la mort. Il y avait sur une étoile, une planète, la mienne, la Terre, un petit prince à consoler ! Je le pris dans les bras. Je le berçai. Je lui disais : « La fleur que tu aimes n'est pas en danger... Je lui dessinerai une muselière, à ton mouton... Je te dessinerais une armure pour ta fleur... Je... » Je ne savais pas trop quoi dire. Je me sentais très maladroit. Je ne savais comment l'atteindre, où le rejoindre... C'est tellement mystérieux, le pays des larmes !

Le Chapitre VIII

J'appris bien vite à mieux connaître cette fleur. Il y avait toujours eu, sur la planète du petit prince, des fleurs très simples, ornées d'un seul rang de pétales, et qui ne tenaient point de place, et qui ne dérangeaient personne. Elles apparaissaient un matin dans l'herbe, et puis elles s'éteignaient le soir. Mais celle-là avait germé un jour, d'une graine apportée d'on ne sait où, et le petit prince avait surveillé de très près cette brindille qui ne ressemblait pas aux autres brindilles. Ça pouvait être un nouveau genre de baobab. Mais l'arbuste cessa vite de croître, et commença de préparer une fleur. Le petit prince, qui assistait à l'installation d'un bouton énorme, sentait bien qu'il en sortirait une apparition miraculeuse, mais la fleur n'en finissait pas de se préparer à être belle, à l'abri de sa chambre verte. Elle choisissait avec soin ses couleurs. Elle s'habillait lentement, elle ajustait un à un ses pétales. Elle ne voulait pas sortir toute fripée comme les coquelicots. Elle ne voulait apparaître que dans le plein rayonnement de sa beauté. Eh ! oui. Elle était très coquette ! Sa toilette mystérieuse avait donc duré des jours et des jours. Et puis voici qu'un matin, justement à l'heure du lever du soleil, elle s'était montrée.

Et elle, qui avait travaillé avec tant de précision, dit en bâillant:

«Ah ! Je me réveille à peine... Je vous demande pardon... Je suis encore toute décoiffée... »

Le petit prince, alors, ne put contenir son admiration :

« Que vous êtes belle !

-N'est-ce pas, répondit doucement la fleur. Et je suis née en même temps que le soleil... »

Le petit prince devina bien qu'elle n'était pas trop modeste, mais elle était si émouvante !

« C'est l'heure, je crois, du petit déjeuner, avait-elle bientôt ajouté, auriez-vous la bonté de penser à moi... »

Et le petit prince, tout confus, ayant été chercher un arrosoir d'eau fraîche, avait servi la fleur.

Ainsi l'avait-elle bien vite tourmenté par sa vanité un peu ombrageuse. Un jour, par exemple, parlant de ses quatres épines, elle avait dit au petit prince :

« Ils peuvent venir, les tigres, avec leurs griffes !

-Il n'y a pas de tigres sur ma planète, avait objecté le petit prince, et puis les tigres ne mangent pas l'herbe.

-Je ne suis pas une herbe, avait doucement répondu la fleur.

-Pardonnez-moi...

-Je ne crains rien des tigres, mais j'ai horreur des courants d'air. Vous n'auriez pas un paravent ? »

« Horreur des courants d'air... ce n'est pas de chance, pour une plante, avait remarqué le petit prince. Cette fleur est bien compliquée... »

« Le soir vous me mettrez sous globe. Il fait très froid chez vous. C'est mal installé. Là d'où je viens... »

Mais elle s'était interrompue. Elle était venue sous forme de graine. Elle n'avait rien pu connaître des autres mondes. Humiliée de s'être laissé surprendre à préparer un mensonge aussi naïf, elle avait toussé deux ou trois fois, pour mettre le petit prince dans son tort :

« Ce paravent ?...

-J'allais le chercher mais vous me parliez ! »

Alors elle avait forcé sa toux pour lui infliger quand même des remords.

Ainsi le petit prince, malgré la bonne volonté de son amour, avait vite douté d'elle. Il avait pris au sérieux des mots sans importance, et était devenu très malheureux.

« J'aurais dû ne pas l'écouter, me confia-t-il un jour, il ne faut jamais écouter les fleurs. Il faut les regarder et les respirer. La mienne embaumait ma planète, mais je ne savais pas m'en réjouir. Cette histoire de griffes, qui m'avait tellement agacé, eût dû m'attendrir... »

Il me confia encore :

« Je n'ai alors rien su comprendre ! J'aurais dû la juger sur les actes et non sur les mots. Elle m'embaumait et m'éclairait. Je n'aurais jamais dû m'enfuir ! J'aurais dû deviner sa tendresse derrière ses pauvres ruses. Les fleurs sont si contradictoires ! Mais j'étais trop jeune pour savoir l'aimer. »

Le Chapitre IX

Je crois qu'il profita, pour son évasion, d'une migration d'oiseaux sauvages. Au matin du départ il mit sa planète bien en ordre. Il ramona soigneusement ses volcans en activité. Il possédait deux volcans en activité. Et c'était bien commode pour faire chauffer le petit déjeuner du matin. Il possédait aussi un volcan éteint. Mais, comme il disait : « On ne sait jamais ! » Il ramona donc également le volcan éteint. S'ils sont bien ramonés, les volcans brûlent doucement et régulièrement, sans éruption. Les éruptions volcaniques sont comme des feux de cheminée. Évidemment sur notre terre nous sommes beaucoup trop petits pour ramoner nos volcans. C'est pourquoi ils nous causent des tas d'ennuis.

Le petit prince arracha aussi, avec un peu de mélancolie, les dernières pousses de baobabs. Il croyait ne plus jamais devoir revenir. Mais tous ces travaux familiers lui parurent, ce matin-là, extrêmement doux. Et, quand il arrosa une dernière fois la fleur, et se prépara à la mettre à l'abri sous son globe, il se découvrit l'envie de pleurer.

« Adieu », dit-il à la fleur.

Mais elle ne lui répondit pas.

« Adieu », répéta-t-il.

La fleur toussa. Mais ce n'était pas à cause de son rhume.

« J'ai été sotte, lui dit-elle enfin. Je te demande pardon. Tâche d'être heureux. »

Il fut surpris par l'absence de reproches. Il restait là tout déconcentré, le globe en l'air. Il ne comprenait pas cette douceur calme.

« Mais oui, je t'aime, lui dit la fleur. Tu n'en as rien su, par ma faute. Cela n'a aucune importance. Mais tu as été aussi sot que moi. Tâche d'être heureux... Laisse ce globe tranquille. Je n'en veux plus.

-Mais le vent...

-Je ne suis pas si enrhumée que ça... L'air frais de la nuit me fera du bien. Je suis une fleur.

-Mais les bêtes...

-Il faut bien que je supporte deux ou trois chenilles si je veux connaître les papillons. Il paraît que c'est tellement beau. Sinon qui me rendra visite ? Tu seras loin, toi. Quant aux grosses bêtes, je ne crains rien. J'ai mes griffes. »

Et elle montrait naïvement ses quatre épines. Puis elle ajouta :

« Ne traîne pas comme ça, c'est agaçant. Tu as décidé de partir. Va-t'en. »

Car elle ne voulait pas qu'il la vît pleurer. C'était une fleur tellement orgueilleuse...

Le Chapitre X

Il se trouvait dans la région des astéroïdes 325, 326, 327, 328, 329 et 330. Il commença donc par les visiter pour y chercher une occupation et pour s'instruire.

La premier était habité par un roi. Le roi siégeait, habillé de pourpre et d'hermine, sur un trône très simple et cependant majestueux.

«Ah ! Voilà un sujet !», s'écria le roi quand il aperçut le petit prince.

Et le petit prince se demanda :

« Comment peut-il me connaître puisqu'il ne m'a encore jamais vu ! »

Il ne savait pas que, pour les rois, le monde est très simplifié. Tous les hommes sont des sujets.

«Approche-toi que je te voie mieux », lui dit le roi qui était tout fier d'être enfin roi pour quelqu'un.

Le petit prince chercha des yeux où s'asseoir, mais la planète était tout encombrée par le magnifique manteau d'hermine. Il resta donc debout, et, comme il était fatigué, il bâilla.

« Il est contraire à l'étiquette de bâiller en présence d'un roi, lui dit le monarque. Je te l'interdis.

-Je ne peux pas m'en empêcher, répondit le petit prince tout confus. J'ai fait un long voyage et je n'ai pas dormi...

-Alors, lui dit le roi, je t'ordonne de bâiller. Je n'ai vu personne bâiller depuis des années. Les bâillements sont pour moi des curiosités. Allons ! bâille encore. C'est un ordre.

-Ça m'intimide... je ne peux plus..., fit le petit prince tout rougissant.

-Hum ! Hum ! répondit le roi. Alors je... je t'ordonne tantôt de bâiller et tantôt de... »

Il bredouillait un peu et paraissait vexé.

Car le roi tenait essentiellement à ce que son autorité fût respectée. Il ne tolérait pas la désobéissance. C'était un monarque absolu. Mais comme il était très bon, il donnait des ordres raisonnables.

« Si j'ordonnais, disait-il couramment, si j'ordonnais à un général de se changer en oiseau de mer, et si le général n'obéissait pas, ce ne serait pas la faute du général. Ce serait ma faute. »

« Puis-je m'asseoir ? s'enquit timidement le petit prince.

-Je t'ordonne de t'asseoir », lui répondit le roi, qui ramena majestueusement un pan de son manteau d'hermine.

Mais le petit prince s'étonnait. La planète était minuscule. Sur quoi le roi pouvait-il bien régner ?

« Sire, lui dit-il... je vous demande pardon de vous interroger...

-Je t'ordonne de m'interroger, se hâta de dire le roi.

-Sire... sur quoi régnez-vous ?

-Sur tout, répondit le roi, avec une grande simplicité.

-Sur tout ? »

Le roi d'un geste discret désigna sa planète, les autres planètes et les étoiles.

« Sur tout ça ? dit le petit prince.

-Sur tout ça...», répondit le roi.

Car non seulement c'était un monarque absolu mais c'était un monarque universel.

« Et les étoiles vous obéissent ?

-Bien sûr, lui dit le roi. Elles obéissent aussitôt. Je ne tolère pas l'indiscipline. »

Un tel pouvoir émerveilla le petit prince. S'il l'avait détenu lui-même, il aurait pu assister, non pas à quarante-quatre, mais à soixante-douze, ou même à cent, ou même à deux cents couchers de soleil dans la même journée, sans avoir jamais à tirer sa chaise ! Et comme il se sentait un peu triste à cause du souvenir de sa petite planète abandonnée, il s'enhardit à solliciter une grâce du roi :

« Je voudrais voir un coucher de soleil... Faites-moi plaisir... Ordonnez au soleil de se coucher...

-Si j'ordonnais à un général de voler d'une fleur à l'autre à la façon d'un papillon, ou d'écrire une tragédie, ou de se changer en oiseau de mer, et si le général n'exécutait pas l'ordre reçu, qui, de lui ou de moi, serait dans son tort ?

-Ce serait vous, dit fermement le petit prince.

-Exact. Il faut exiger de chacun ce que chacun peut donner, reprit le roi. L'autorité repose d'abord sur la raison. Si tu ordonnes à ton peuple d'aller se jeter à la mer, il fera la révolution. J'ai le droit d'exiger l'obéissance parce que mes ordres sont raisonnables.

-Alors mon coucher de soleil ? rappela le petit prince qui

jamais n'oubliait une question une fois qu'il l'avait posée.

-Ton coucher de soleil, tu l'auras. Je l'exigerai. Mais j'attendrai, dans ma science du gouvernement, que les conditions soient favorables.

-Quand ça sera-t-il ? s'informa le petit prince.

-Hem ! Hem ! lui répondit le roi, qui consulta d'abord un gros calendrier, hem ! hem ! ce sera, vers... vers... ce sera ce soir vers sept heures quarante ! Et tu verras comme je suis bien obéi. »

Le petit prince bâilla. Il regrettait son coucher de soleil manqué. Et puis il s'ennuyait déjà un peu :

« Je n'ai plus rien à faire ici, dit-il au roi. Je vais repartir !

-Ne pars pas, répondit le roi qui était si fier d'avoir un sujet. Ne pars pas, je te fais ministre !

-Ministre de quoi ?

-De... de la justice !

-Mais il n'y a personne à juger !

-On ne sait pas, lui dit le roi. Je n'ai pas fait encore le tour de mon royaume. Je suis très vieux, je n'ai pas de place pour un carrosse, et ça me fatigue de marcher.

-Oh ! Mais j'ai déjà vu, dit le petit prince qui se pencha pour jeter encore un coup d'œil sur l'autre côté de la planète. Il n'y a personne là-bas non plus...

-Tu te jugeras donc toi-même, lui répondit le roi. C'est le plus difficile. Il est bien plus difficile de se juger soi-même que de juger autrui. Si tu réussis à bien te juger, c'est que tu es un véritable sage.

-Moi, dit le petit prince, je puis me juger moi-même n'importe où. Je n'ai pas besoin d'habiter ici.

-Hem ! Hem ! dit le roi, je crois bien que sur ma planète il y a quelque part un vieux rat. Je l'entends la nuit. Tu pourras juger ce vieux rat. Tu le condamneras à mort de temps en temps. Ainsi sa vie dépendra de ta justice. Mais tu le gracieras chaque fois pour l'économiser. Il n'y en a qu'un.

-Moi, répondit le petit prince, je n'aime pas condamner à mort, et je crois bien que je m'en vais.

-Non », dit le roi.

Mais le petit prince, ayant achevé ses préparatifs, ne voulut point peiner le vieux monarque :

« Si votre Majesté désirait être obéie ponctuellement, Elle pourrait me donner un ordre raisonnable. Elle pourrait m'ordonner, par exemple, de partir avant une minute. Il me semble que les conditions sont favorables... »

Le roi n'ayant rien répondu, le petit prince hésita d'abord, puis, avec un soupir, pris le départ...

« Je te fais mon ambassadeur », se hâta alors de crier le roi.

Il avait un grand air d'autorité.

« Les grandes personnes sont bien étranges », se dit le petit prince, en lui-même, durant son voyage.

Le Chapitre XI

La seconde planète était habitée par un vaniteux :

« Ah ! Ah ! Voilà la visite d'un admirateur ! » s'écria de loin le vaniteux dès qu'il aperçut le petit prince.

Car, pour les vaniteux, les autres hommes sont des admirateurs.

« Bonjour, dit le petit prince. Vous avez un drôle de chapeau.

-C'est pour saluer, lui répondit le vaniteux. C'est pour saluer quand on m'acclame. Malheureusement il ne passe jamais personne par ici.

-Ah oui ? dit le petit prince qui ne comprit pas.

-Frappe tes mains l'une contre l'autre », conseilla donc le vaniteux.

Le petit prince frappa ses mains l'une contre l'autre. Le vaniteux salua modestement en soulevant son chapeau.

« Ça c'est plus amusant que la visite du roi », se dit en lui-même le petit prince. Et il recommença de frapper ses mains l'une contre l'autre. Le vaniteux recommença de saluer en soulevant son chapeau.

Après cinq minutes d'exercice le petit prince se fatigua de la monotonie du jeu :

« Et, pour que le chapeau tombe, demanda-t-il, que faut-il faire ? »

Mais le vaniteux ne l'entendit pas. Les vaniteux n'entendent jamais que des louanges.

« Est-ce que tu m'admires vraiment beaucoup ? demanda-t-il au petit prince.

-Qu'est-ce que signifie " admirer " ?

-" Admirer " signifie reconnaître que je suis l'homme le plus beau, le mieux habillé, le plus riche et le plus intelligent de la planète.

-Mais tu es seul sur ta planète !

-Fais-moi ce plaisir. Admire-moi quand-même !

-Je t'admire, dit le petit prince, en haussant un peu les épaules, mais en quoi cela peut-il bien t'intéresser ? »

Et le petit prince s'en fut.

« Les grandes personnes sont décidément bien bizarres », se dit-il simplement en lui-même durant son voyage.

Le Chapitre XII

La planète suivante était habitée par un buveur. Cette visite fut très courte mais elle plongea le petit prince dans une grande mélancolie :

«Que fais-tu là ? dit-il au buveur, qu'il trouva installé en silence devant une collection de bouteilles vides et une collection de bouteilles pleines.

-Je bois, répondit le buveur, d'un air lugubre.

-Pourquoi bois-tu ? lui demanda le petit prince.

-Pour oublier, répondit le buveur.

-Pour oublier quoi ? s'enquit le petit prince qui déjà le plaignait.

-Pour oublier que j'ai honte, avoua le buveur en baissant la tête.

-Honte de quoi ? s'informa le petit prince qui désirait le secourir.

-Honte de boire !» acheva le buveur qui s'enferma définitivement dans le silence.

Et le petit prince s'en fut, perplexe.

«Les grandes personnes sont décidément très très bizarres», se disait-il en lui-même durant le voyage.

Le Chapitre XIII

La quatrième planète était celle du businessman. Cet homme était si occupé qu'il ne leva même pas la tête à l'arrivée du petit prince.

«Bonjour, lui dit celui-ci. Votre cigarette est éteinte.

-Trois et deux font cinq. Cinq et sept douze. Douze et trois quinze. Bonjour. Quinze et sept vingt-deux. Vingt-deux et six vingt-huit. Pas le temps de la rallumer. Vingt-six et cinq trente et un. Ouf! Ça fait donc cinq cent un millions six cent vingt-deux mille sept cent trente et un.

-Cinq cents millions de quoi ?

-Hein ? Tu es toujours là ? Cinq cent un million de... je ne sais plus... j'ai tellement de travail ! Je suis sérieux, moi, je ne m'amuse pas à des balivernes ! Deux et cinq sept...

-Cinq cent un millions de quoi ?» répéta le petit prince qui jamais de sa vie n'avait renoncé à une question, une fois qu'il l'avait posée.

Le businessman leva la tête :

«Depuis cinquante-quatre ans que j'habite cette planète-ci, je n'ai été dérangé que trois fois. La première fois ç'a été, il y a vingt-deux ans, par un hanneton qui était tombé dieu sait d'où. Il répandait un bruit épouvantable, et j'ai fait quatre erreurs dans une addition. La seconde fois ç'a été, il y a onze ans, par une crise de rhumatisme.

Je manque d'exercice. Je n'ai pas le temps de flâner. Je suis sérieux, moi. La troisième fois... la voici ! Je disais donc cinq cent un millions...

–Millions de quoi ? »

Le businessman comprit qu'il n'était point d'espoir de paix :

« Millions de ces petites choses que l'on voit quelquefois dans le ciel.

–Des mouches ?

–Mais non, des petites choses qui brillent.

–Des abeilles ?

–Mais non. Des petites choses dorées qui font rêvasser les fainéants. Mais je suis sérieux, moi ! Je n'ai pas le temps de rêvasser.

–Ah! des étoiles ?

–C'est bien ça. Des étoiles.

–Et que fais-tu de cinq cents millions d'étoiles ?

–Cinq cent un millions six cent vingt-deux mille sept cent trente et un. Je suis sérieux, moi, je suis précis.

–Et que fais-tu de ces étoiles ?

–Ce que j'en fais ?

–Oui.

–Rien. Je les possède.

–Tu possèdes les étoiles ?

–Oui.

–Mais j'ai déjà vu un roi qui...

–Les rois ne possèdent pas. Ils « règnent » sur. C'est très différent.

-Et à quoi cela te sert-il de posséder les étoiles ?

-Ça me sert à être riche.

-Et à quoi cela te sert-il d'être riche ?

-À acheter d'autres étoiles, si quelqu'un en trouve. »

« Celui-là, se dit en lui-même le petit prince, il raisonne un peu comme mon ivrogne. »

Cependant il posa encore des questions :

« Comment peut-on posséder les étoiles ?

-À qui sont-elles ? riposta, grincheux, le businessman.

-Je ne sais pas. À personne.

-Alors elles sont à moi, car j'y ai pensé le premier.

-Ça suffit ?

-Bien sûr. Quand tu trouves un diamant qui n'est à personne, il est à toi. Quand tu trouves une île qui n'est à personne, elle est à toi. Quand tu as une idée le premier, tu la fais breveter : elle est à toi. Et moi je possède les étoiles, puisque jamais personne avant moi n'a songé à les posséder.

-Ça c'est vrai, dit le petit prince. Et qu'en fais-tu ?

-Je les gère. Je les compte et je les recompte, dit le businessman. C'est difficile. Mais je suis un homme sérieux ! »

Le petit prince n'était pas satisfait encore.

« Moi, si je possède un foulard, je puis le mettre autour de mon cou et l'emporter. Moi, si je possède une fleur, je puis cueillir ma fleur et l'emporter. Mais tu ne peux pas cueillir les étoiles !

-Non, mais je puis les placer en banque.

-Qu'est-ce que ça veut dire ?

-Ça veut dire que j'écris sur un petit papier le nombre de mes étoiles. Et puis j'enferme à clef ce papier-là dans un tiroir.

-Et c'est tout ?

-Ça suffit ! »

« C'est amusant, pensa le petit prince. C'est assez poétique. Mais ce n'est pas très sérieux. »

Le petit prince avait sur les choses sérieuses des idées très différentes des idées des grandes personnes.

« Moi, dit-il encore, je possède une fleur que j'arrose tous les jours. Je possède trois volcans que je ramone toutes les semaines. Car je ramone aussi celui qui est éteint. On ne sait jamais. C'est utile à mes volcans, et c'est utile à ma fleur, que je les possède. Mais tu n'es pas utile aux étoiles... »

Le businessman ouvrit la bouche mais ne trouva rien à répondre, et le petit prince s'en fut.

« Les grandes personnes sont décidément tout à fait extraordinaires », se disait-il simplement en lui-même durant le voyage.

Le Chapitre XIV

La cinquième planète était très curieuse. C'était la plus petite de toutes. Il y avait là juste assez de place pour loger un réverbère et un allumeur de réverbères. Le petit prince ne parvenait pas à s'expliquer à quoi pouvaient servir, quelque part dans le ciel, sur une planète sans maison, ni population, un réverbère et un allumeur de réverbères. Cependant il se dit en lui-même :

«Peut-être bien que cet homme est absurde. Cependant il est moins absurde que le roi, que le vaniteux, que le businessman et que le buveur. Au moins son travail a-t-il un sens. Quand il allume son réverbère, c'est comme s'il faisait naître une étoile de plus, ou une fleur. Quand il éteint son réverbère, ça endort la fleur ou l'étoile. C'est une occupation très jolie. C'est véritablement utile puisque c'est joli.»

Lorsqu'il aborda la planète, il salua respectueusement l'allumeur :

«Bonjour. Pourquoi viens-tu d'éteindre ton réverbère ?

-C'est la consigne, répondit l'allumeur. Bonjour.

-Qu'est-ce que la consigne ?

-C'est d'éteindre mon réverbère. Bonsoir.»

Et il le ralluma.

«Mais pourquoi viens-tu de rallumer ?

-C'est la consigne, répondit l'allumeur.

-Je ne comprends pas, dit le petit prince.

-Il n'y a rien à comprendre, dit l'allumeur. La consigne c'est la consigne. Bonjour.»

Et il éteignit son réverbère.

Puis il s'épongea le front avec un mouchoir à carreaux rouges.

«Je fais là un métier terrible. C'était raisonnable autrefois. J'éteignais le matin et j'allumais le soir. J'avais le reste du jour pour me reposer, et le reste de la nuit pour dormir...

-Et, depuis cette époque, la consigne a changé ?

-La consigne n'a pas changé, dit l'allumeur. C'est bien là le drame ! La planète d'année en année a tourné de plus en plus vite, et la consigne n'a pas changé !

-Alors ? dit le petit prince.

-Alors maintenant qu'elle fait un tour par minute, je n'ai plus une seconde de repos. J'allume et j'éteins une fois par minute !

-Ça c'est drôle ! Les jours chez toi durent une minute !

-Ce n'est pas drôle du tout, dit l'allumeur. Ça fait déjà un mois que nous parlons ensemble.

-Un mois ?

-Oui. Trente minutes. Trente jours ! Bonsoir.»

Et il ralluma son réverbère.

Le petit prince le regarda et il aima cet allumeur qui était tellement fidèle à la consigne. Il se souvint des couchers de soleil que lui-même allait autrefois chercher, en tirant sa chaise. Il voulut aider son ami :

«Tu sais... je connais un moyen de te reposer quand tu

voudras...

-Je veux toujours », dit l'allumeur.

Car on peut être, à la fois, fidèle et paresseux.

Le petit prince poursuivit :

« Ta planète est tellement petite que tu en fais le tour en trois enjambées. Tu n'as qu'à marcher assez lentement pour rester toujours au soleil. Quand tu voudras te reposer tu marcheras... et le jour durera aussi longtemps que tu voudras.

-Ça ne m'avance pas à grand-chose, dit l'allumeur. Ce que j'aime dans la vie, c'est dormir.

-Ce n'est pas de chance, dit le petit prince.

-Ce n'est pas de chance, dit l'allumeur. Bonjour. »

Et il éteignit son réverbère.

« Celui-là, se dit le petit prince, tandis qu'il poursuivait plus loin son voyage, celui-là serait méprisé par tous les autres, par le roi, par le vaniteux, par le buveur, par le businessman. Cependant c'est le seul qui ne me paraisse pas ridicule. C'est, peut-être, parce qu'il s'occupe d'autre chose que de soi-même. »

Il eut un soupir de regret et se dit encore :

« Celui-là est le seul dont j'eusse pu faire mon ami. Mais sa planète est vraiment trop petite. Il n'y a pas de place pour deux... »

Ce que le petit prince n'osait pas s'avouer, c'est qu'il regrettait cette planète bénie à cause, surtout, des mille quatre cent quarante couchers de soleil par vingt-quatre heures !

Le Chapitre XV

La sixième planète était une planète dix fois plus vaste. Elle était habitée par un vieux monsieur qui écrivait d'énormes livres.

« Tiens ! voilà un explorateur ! » s'écria-t-il, quand il aperçut le petit prince.

Le petit prince s'assit sur la table et souffla un peu. Il avait déjà tant voyagé !

« D'où viens-tu ? lui dit le vieux monsieur.

-Quel est ce gros livre ? dit le petit prince. Que faites-vous ici ?

-Je suis géographe, dit le vieux monsieur.

-Qu'est-ce qu'un géographe ?

-C'est un savant qui connaît où se trouvent les mers, les fleuves, les villes, les montagnes et les déserts.

-Ça c'est bien intéressant, dit le petit prince. Ça c'est enfin un véritable métier ! » Et il jeta un coup d'œil autour de lui sur la planète du géographe. Il n'avait jamais vu encore une planète aussi majestueuse.

« Elle est bien belle, votre planète. Est-ce qu'il y a des océans ?

-Je ne puis pas le savoir, dit le géographe.

-Ah ! (Le petit prince était déçu.) Et des montagnes ?

-Je ne puis pas le savoir, dit le géographe.

-Et des villes et des fleuves et des déserts ?

-Je ne puis pas le savoir non plus, dit le géographe.

-Mais vous êtes géographe !

-C'est exact, dit le géographe, mais je ne suis pas explorateur. Je manque absolument d'explorateurs. Ce n'est pas le géographe qui va faire le compte des villes, des fleuves, des montagnes, des mers, des océans et des déserts. Le géographe est trop important pour flâner. Il ne quitte pas son bureau. Mais il reçoit les explorateurs. Il les interroge, et il prend en note leurs souvenirs. Et si les souvenirs de l'un d'entre eux lui paraissent intéressants, le géographe fait faire une enquête sur la moralité de l'explorateur.

-Pourquoi ça ?

-Parce qu'un explorateur qui mentirait entraînerait des catastrophes dans les livres de géographie. Et aussi un explorateur qui boirait trop.

-Pourquoi ça ? fit le petit prince.

-Parce que les ivrognes voient double. Alors le géographe noterait deux montagnes, là où il n'y en a qu'une seule.

-Je connais quelqu'un, dit le petit prince, qui serait mauvais explorateur.

-C'est possible. Donc, quand la moralité de l'explorateur paraît bonne, on fait une enquête sur sa découverte.

-On va voir ?

-Non. C'est trop compliqué. Mais on exige de l'explorateur qu'il fournisse des preuves. S'il s'agit par exemple de la découverte d'une grosse montagne, on exige qu'il en rapporte de grosses pierres. »

Le géographe soudain s'émut.

« Mais toi, tu viens de loin ! Tu es explorateur ! Tu vas me décrire ta planète ! »

Et le géographe, ayant ouvert son registre, tailla son crayon. On note d'abord au crayon les récits des explorateurs. On attend, pour noter à l'encre, que l'explorateur ait fourni des preuves.

« Alors ? interrogea le géographe.

-Oh ! chez moi, dit le petit prince, ce n'est pas très intéressant, c'est tout petit. J'ai trois volcans. Deux volcans en activité, et un volcan éteint. Mais on ne sait jamais.

-On ne sait jamais, dit le géographe.

-J'ai aussi une fleur.

-Nous ne notons pas les fleurs, dit le géographe.

-Pourquoi ça ! c'est le plus joli !

-Parce que les fleurs sont éphémères.

-Qu'est-ce que signifie : " éphémère " ?

-Les géographies, dit le géographe, sont les livres les plus précieux de tous les livres. Elles ne se démodent jamais. Il est très rare qu'une montagne change de place. Il est très rare qu'un océan se vide de son eau. Nous écrivons des choses éternelles.

-Mais les volcans éteints peuvent se réveiller, interrompit le petit prince. Qu'est-ce que signifie : " éphémère " ?

-Que les volcans soient éteints ou soient éveillés, ça revient au même pour nous autres, dit le géographe. Ce qui compte pour nous, c'est la montagne. Elle ne change pas.

-Mais qu'est-ce que signifie " éphémère " ? répéta le petit prince qui, de sa vie, n'avait renoncé à une question, une fois qu'il l'avait posée.

-Ça signifie " qui est menacé de disparition prochaine".

-Ma fleur est menacée de disparition prochaine ?

-Bien sûr. »

« Ma fleur est éphémère, se dit le petit prince, et elle n'a que quatre épines pour se défendre contre le monde ! Et je l'ai laissée toute seule chez moi ! »

Ce fut là son premier mouvement de regret. Mais il reprit courage :

« Que me conseillez-vous d'aller visiter ? demanda-t-il.

-La planète Terre, lui répondit le géographe. Elle a une bonne réputation... »

Et le petit prince s'en fut, songeant à sa fleur.

Le Chapitre XVI

La septième planète fut donc la Terre.

La Terre n'est pas une planète quelconque ! On y compte cent onze rois (en n'oubliant pas, bien sûr, les rois nègres), sept mille géographes, neuf cent mille businessmen, sept millions et demi d'ivrognes, trois cent onze millions de vaniteux, c'est-à-dire environ deux milliards de grandes personnes.

Pour vous donner une idée des dimensions de la Terre je vous dirai qu'avant l'invention de l'électricité on y devait entretenir, sur l'ensemble des six continents, une véritable armée de quatre cent soixante deux mille cinq cent onze allumeurs de réverbères.

Vu d'un peu loin ça faisait un effet splendide. Les mouvements de cette armée étaient réglés comme ceux d'un ballet d'opéra. D'abord venait le tour des allumeurs de réverbères de Nouvelle-Zélande et d'Australie. Puis ceux-ci, ayant allumé leurs lampions, s'en allaient dormir. Alors entraient à leur tour dans la danse les allumeurs de réverbères de Chine et de Sibérie. Puis eux aussi s'escamontaient dans les coulisses. Alors venait le tour des allumeurs de réverbères de Russie et des Indes. Puis de ceux d'Afrique et d'Europe. Puis de ceux d'Amérique du Sud. Puis de ceux d'Amérique du Nord. Et jamais ils ne se trompaient dans leur ordre d'entrée en scène. C'était grandoise.

Seuls, l'allumeur de l'unique réverbère de pôle Nord, et son confrère de l'unique réverbère du pôle Sud, menaient des vies d'oisiveté et de nonchalance : ils travaillaient deux fois par an.

Le Chapitre XVII

Quand on veut faire de l'esprit, il arrive que l'on mente un peu. Je n'ai pas été très honnête en vous parlant des allumeurs de réverbères. Je risque de donner une fausse idée de notre planète à ceux qui ne la connaissent pas. Les hommes occupent très peu de place sur la Terre. Si les deux milliards d'habitants qui peuplent la Terre se tenaient debout et un peu serrés, comme pour un meeting, ils logeraient aisément sur une place publique de vingt milles de long sur vingt milles de large. On pourrait entasser l'humanité sur le moindre petit îlot du Pacifique.

Les grandes personnes, bien sûr, ne vous croiront pas. Elles s'imaginent tenir beaucoup de place. Elles se voient importantes comme des baobabs. Vous leur conseillerez donc de faire le calcul. Elles adorent les chiffres : ça leur plaira. Mais ne perdez pas votre temps à ce pensum. C'est inutile. Vous avez confiance en moi.

Le petit prince, une fois sur Terre, fut donc bien surpris de ne voir personne. Il avait déjà peur de s'être trompé de planète, quand un anneau couleur de lune remua dans le sable.

« Bonne nuit, fit le petit prince à tout hasard.

-Bonne nuit, fit le serpent.

-Sur quelle planète suis-je tombé ? demanda le petit prince.

-Sur la Terre, en Afrique, répondit le serpent.

-Ah !... Il n'y a donc personne sur la Terre ?

-Ici c'est le désert. Il n'y a personne dans les déserts. La Terre est grande », dit le serpent.

Le petit prince s'assit sur une pierre et leva les yeux vers le ciel :

« Je me demande, dit-il, si les étoiles sont éclairées afin que chacun puisse un jour retrouver la sienne. Regarde ma planète. Elle est juste au-dessus de nous... Mais comme elle est loin !

-Elle est belle, dit le serpent. Que viens-tu faire ici ?

-J'ai des difficultés avec une fleur, dit le petit prince.

-Ah ! » fit le serpent.

Et ils se turent.

« Où sont les hommes ? reprit enfin le petit prince. On est un peu seul dans le désert...

-On est seul aussi chez les hommes », dit le serpent.

Le petit prince le regarda longtemps :

« Tu es une drôle de bête, lui dit-il enfin, mince comme un doigt...

-Mais je suis plus puissant que le doigt d'un roi », dit le serpent.

Le petit prince eut un sourire :

« Tu n'es pas bien puissant... tu n'as même pas de pattes... tu ne peux même pas voyager...

-Je puis t'emporter plus loin qu'un navire », dit le serpent.

Il s'enroula autour de la cheville du petit prince, comme un bracelet d'or :

« Celui que je touche, je le rends à la terre dont il est sorti, dit-il encore. Mais tu es pur et tu viens d'une étoile... »

Le petit prince ne répondit rien.

«Tu me fais pitié, toi si faible, sur cette Terre de granit. Je puis t'aider un jour si tu regrettes trop ta planète. Je puis...

-Oh ! J'ai très bien compris, fit le petit prince, mais pourquoi parles-tu toujours par énigmes ?

-Je les résous toutes», dit le serpent.

Et ils se turent.

Le Chapitre XVIII

Le petit prince traversa le désert et ne rencontra qu'une fleur. Une fleur à trois pétales, une fleur de rien du tout...

«Bonjour, dit le petit prince.

-Bonjour, dit la fleur.

-Où sont les hommes?» demanda poliment le petit prince.

La fleur, un jour, avait vu passer une caravane :

«Les hommes? Il en existe, je crois, six ou sept. Je les ai aperçus il y a des années. Mais on ne sait jamais où les trouver. Le vent les promène. Ils manquent de racines, ça les gêne beaucoup.

-Adieu, fit le petit prince.

-Adieu», dit la fleur.

Le Chapitre XIX

Le petit prince fit l'ascension d'une haute montagne. Les seules montagnes qu'il eût jamais connues étaient les trois volcans qui lui arrivaient au genou. Et il se servait du volcan éteint comme d'un tabouret. «D'une montagne haute comme celle-ci, se dit-il donc, J'apercevrai d'un coup toute la planète et tous les hommes...» Mais il n'aperçut rien que des aiguilles de roc bien aiguisées.

«Bonjour, dit-il à tout hasard.

-Bonjour... Bonjour... Bonjour... répondit l'écho.

-Qui êtes-vous ? dit le petit prince.

-Qui êtes-vous... qui êtes-vous... qui êtes-vous... répondit l'écho.

-Soyez mes amis, je suis seul, dit-il.

-Je suis seul... je suis seul... Je suis seul...», répondit l'écho.

«Quelle drôle de planète ! pensa-t-il alors. Elle est toute sèche, et toute pointue et toute salée. Et les hommes manquent d'imagination. Ils répètent ce qu'on leur dit... Chez moi j'avais une fleur : elle parlait toujours la première... »

Le Chapitre XX

Mais il arriva que le petit prince, ayant longtemps marché à travers les sables, les rocs et les neiges, découvrit enfin une route. Et les routes vont toutes chez les hommes.

« Bonjour », dit-il.

C'était un jardin fleuri de roses.

« Bonjour », dirent les roses.

Le petit prince les regarda. Elles ressemblaient toutes à sa fleur.

« Qui êtes-vous ? leur demanda-t-il, stupéfait.

-Nous sommes des roses, dirent les roses.

-Ah ! » fit le petit prince...

Et il se sentit très malheureux. Sa fleur lui avait raconté qu'elle était seule de son espèce dans l'univers. Et voici qu'il en était cinq mille, toutes semblables, dans un seul jardin !

« Elle serait bien vexée, se dit-il, si elle voyait ça... elle tousserait énormément et ferait semblant de mourir pour échapper au ridicule. Et je serais bien obligé de faire semblant de la soigner, car, sinon, pour m'humilier moi aussi, elle se laisserait vraiment mourir... »

Puis il se dit encore : « Je me croyais riche d'une fleur unique, et je ne possède qu'une rose ordinaire. Ça et mes trois volcans qui m'arrivent au genou, et dont l'un, peut-être, est éteint pour toujours, ça ne fait pas de moi un bien grand prince... » Et, couché dans l'herbe, il pleura.

Le Chapitre XXI

C'est alors qu'apparut le renard :

« Bonjour, dit le renard.

-Bonjour, répondit poliment le petit prince, qui se retourna mais ne vit rien.

-Je suis là, dit la voix, sous le pommier...

-Qui es-tu ? dit le petit prince. Tu es bien joli...

-Je suis un renard, dit le renard.

-Viens jouer avec moi, lui proposa le petit prince. Je suis tellement triste...

-Je ne puis pas jouer avec toi, dit le renard. Je ne suis pas apprivoisé.

-Ah ! pardon », fit le petit prince.

Mais après réflexion, il ajouta :

« Qu'est-ce que signifie " apprivoiser " ?

-Tu n'es pas d'ici, dit le renard, que cherches-tu ?

-Je cherche les hommes, dit le petit prince. Qu'est-ce que signifie " apprivoiser " ?

-Les hommes, dit le renard, ils ont des fusils et ils chassent. C'est bien gênant ! Ils élèvent aussi des poules. C'est leur seul intérêt. Tu cherches des poules ?

-Non, dit le petit prince. Je cherche des amis. Qu'est-ce que signifie " apprivoiser " ?

-C'est une chose trop oubliée, dit le renard. Ça signifie "créer des liens..."

-Créer des liens ?

-Bien sûr, dit le renard. Tu n'es encore pour moi qu'un petit garçon tout semblable à cent mille petits garçons. Et je n'ai pas besoin de toi. Et tu n'as pas besoin de moi non plus. Je ne suis pour toi qu'un renard semblable à cent mille renards. Mais, si tu m'apprivoises, nous aurons besoin l'un de l'autre. Tu seras pour moi unique au monde. Je serai pour toi unique au monde...

-Je commence à comprendre, dit le petit prince. Il y a une fleur... je crois qu'elle m'a apprivoisé...

-C'est possible, dit le renard. On voit sur la Terre toutes sortes de choses...

-Oh ! ce n'est pas sur la Terre », dit le petit prince.

Le renard parut très intrigué :

« Sur une autre planète ?

-Oui.

-Il y a des chasseurs sur cette planète-là ?

-Non.

-Ça, c'est intéressant ! Et des poules ?

-Non.

-Rien n'est parfait », soupira le renard.

Mais le renard revint à son idée :

« Ma vie est monotone. Je chasse les poules, les hommes me chassent. Toutes les poules se ressemblent, et tous les hommes se ressemblent. Je m'ennuie donc un peu. Mais si tu m'apprivoises, ma vie sera comme ensoleillée. Je connaîtrai un bruit de pas qui sera différent de tous les autres. Les autres pas me font rentrer sous terre. Le tien m'appellera hors du terrier, comme une musique. Et puis regarde ! Tu vois, là-bas, les champs de blé ? Je ne mange pas de pain. Le blé pour moi est inutile. Les champs de blé ne me rappellent rien. Et ça, c'est triste ! Mais tu as des cheveux couleur d'or. Alors ce sera merveilleux quand tu m'auras apprivoisé ! Le blé, qui est doré, me fera souvenir de toi. Et j'aimerai le bruit du vent dans le blé... »

Le renard se tut et regarda longtemps le petit prince :

« S'il te plaît... apprivoise-moi ! dit-il.

-Je veux bien, répondit le petit prince, mais je n'ai pas beaucoup de temps. J'ai des amis à découvrir et beaucoup de choses à connaître.

-On ne connaît que les choses que l'on apprivoise, dit le renard. Les hommes n'ont plus le temps de rien connaître. Ils achètent des choses toutes faites chez les marchands. Mais comme il n'existe point de marchands d'amis, les hommes n'ont plus d'amis. Si tu veux un ami, apprivoise-moi !

-Que faut-il faire ? dit le petit prince.

-Il faut être très patient, répondit le renard. Tu t'assoiras d'abord un peu loin de moi, comme ça, dans l'herbe. Je te regarderai du coin de l'œil et tu ne diras rien. Le langage est source de malentendus. Mais, chaque jour, tu pourras t'asseoir un peu plus près... »

Le lendemain revint le petit prince.

« Il eût mieux valu revenir à la même heure, dit le renard. Si tu viens, par exemple, à quatre heures de l'après-midi, dès trois heures je commencerai d'être heureux. Plus l'heure avancera, plus je me sentirai heureux. À quatre heures, déjà, je m'agiterai et m'inquiéterai : je découvrirai le prix du bonheur ! Mais si tu viens n'importe quand, je ne saurai jamais à quelle heure m'habiller le cœur... Il faut des rites.

-Qu'est-ce qu'un rite ? dit le petit prince.

-C'est aussi quelque chose trop oublié, dit le renard. C'est ce qui fait qu'un jour est différent des autres jours, une heure, des autres heures. Il y a un rite, par exemple, chez mes chasseurs. Ils dansent le jeudi avec les filles du village. Alors le jeudi est jour merveilleux ! Je vais me promener jusqu'à la vigne. Si les chasseurs dansaient n'importe quand, les jours se ressembleraient tous, et je n'aurais point de vacances. »

Ainsi le petit prince apprivoisa le renard. Et quand l'heure du départ fut proche :

«Ah ! dit le renard... je pleurerai.

-C'est ta faute, dit le petit prince, je ne te souhaitais point de mal, mais tu as voulu que je t'apprivoise...

-Bien sûr, dit le renard.

-Mais tu vas pleurer ! dit le petit prince.

-Bien sûr, dit le renard.

-Alors tu n'y gagnes rien !

-J'y gagne, dit le renard, à cause de la couleur du blé. »

Puis il ajouta :

« Va revoir les roses. Tu comprendras que la tienne est unique au monde. Tu reviendras me dire adieu, et je te ferai cadeau d'un secret. »

Le petit prince s'en fut revoir les roses :

« Vous n'êtes pas du tout semblables à ma rose, vous n'êtes rien encore, leur dit-il. Personne ne vous a apprivoisées et vous n'avez apprivoisé personne. Vous êtes comme était mon renard. Ce n'était qu'un renard semblable à cent mille autres. Mais j'en ai fait mon ami, et il est maintenant unique au monde. »

Et les roses étaient bien gênées.

« Vous êtes belles mais vous êtes vides, leur dit-il encore. On ne peut pas mourir pour vous. Bien sûr, ma rose à moi, un passant ordinaire croirait qu'elle vous ressemble. Mais à elle seule elle est plus importante que vous toutes, puisque c'est elle que j'ai arrosée. Puisque c'est elle que j'ai mise sous globe. Puisque c'est elle que j'ai abritée par le paravent. Puisque c'est elle dont j'ai tué les chenilles (sauf les deux ou trois pour les papillons). Puisque c'est elle que j'ai écoutée se plaindre, ou se vanter, ou même quelquefois se taire. Puisque c'est ma rose. »

Et il revint vers le renard :

« Adieu, dit-il...

-Adieu, dit le renard. Voici mon secret. Il est très simple : on ne voit bien qu'avec le cœur. L'essentiel est invisible pour les yeux.

-L'essentiel est invisible pour les yeux, répéta le petit prince, afin de se souvenir.

-C'est le temps que tu as perdu pour ta rose qui fait ta rose si importante.

-C'est le temps que j'ai perdu pour ma rose..., fit le petit prince, afin de se souvenir.

-Les hommes ont oublié cette vérité, dit le renard. Mais tu ne dois pas l'oublier. Tu deviens responsable pour toujours de ce que tu as apprivoisé. Tu es responsable de ta rose...

-Je suis responsable de ma rose...», répéta le petit prince, afin de se souvenir.

Le Chapitre XXII

« Bonjour, dit le petit prince.

-Bonjour, dit l'aiguilleur.

-Que fais-tu ici ? dit le petit prince.

-Je trie les voyageurs, par paquets de mille, dit l'aiguilleur. J'expédie les trains qui les emportent, tantôt vers la droite, tantôt vers la gauche. »

Et un rapide illuminé, grondant comme le tonnerre, fit trembler la cabine d'aiguillage.

« Ils sont bien pressés, dit le petit prince. Que cherchent-ils ?

-L'homme de la locomotive l'ignore lui-même », dit l'aiguilleur.

Et gronda, en sens inverse, un second rapide illuminé.

-Ils reviennent déjà ? demanda le petit prince...

-Ce ne sont pas les mêmes, dit l'aiguilleur. C'est un échange.

-Ils n'étaient pas contents, là où ils étaient ?

-On n'est jamais content là où l'on est », dit l'aiguilleur.

Et gronda le tonnerre d'un troisième rapide illuminé.

« Ils poursuivent les premiers voyageurs ? demanda le petit prince.

-Ils ne poursuivent rien du tout, dit l'aiguilleur. Ils dorment là-dedans, ou bien ils bâillent. Les enfants seuls écrasent leur nez contre les vitres.

-Les enfants seuls savent ce qu'ils cherchent, fit le petit prince.

Ils perdent du temps pour une poupée de chiffons, et elle devient très importante, et si on la leur enlève, ils pleurent...

-Ils ont de la chance », dit l'aiguilleur.

Le Chapitre XXIII

« Bonjour, dit le petit prince.

-Bonjour », dit le marchand.

C'était un marchand de pilules perfectionnées qui apaisent la soif. On en avale une par semaine et l'on n'éprouve plus le besoin de boire.

« Pourquoi vends-tu ça ? dit le petit princ.

-C'est une grosse économie de temps, dit le marchand. Les experts ont fait des calculs. On épargne cinquante-trois minutes pas semaine.

-Et que fait-on de ces cinquante-trois minutes ?

-On en fait ce que l'on veut... »

« Moi, se dit le petit prince, si j'avais cinquante-trois minutes à dépenser, je marcherais tout doucement vers une fontaine... »

Le Chapitre XXIV

Nous en étions au huitième jour de ma panne dans le désert, et j'avais écouté l'histoire du marchand en buvant la dernière goutte de ma provision d'eau :

«Ah ! dis-je au petit prince, ils sont bien jolis, tes souvenirs, mais je n'ai pas encore réparé mon avion, je n'ai plus rien à boire, et je serais heureux, moi aussi, si je pouvais marcher tout doucement vers une fontaine !

-Mon ami le renard, me dit-il...

-Mon petit bonhomme, il ne s'agit plus du renard !

-Pourquoi ?

-Parce qu'on va mourir de soif... »

Il ne comprit pas mon raisonnement, il me répondit :

« C'est bien d'avoir eu un ami, même si l'on va mourir. Moi, je suis bien content d'avoir eu un ami renard... »

« Il ne mesure pas le danger, me dis-je. Il n'a jamais ni faim ni soif. Un peu de soleil lui suffit... »

Mais il me regarda et répondit à ma pensée :

« J'ai soif aussi... cherchons un puits... »

J'eus un geste de lassitude : il est absurde de chercher un puits, au hasard, dans l'immensité du désert. Cependant nous nous mîmes en marche.

Quand nous eûmes marché, des heures, en silence, la nuit

tomba, et les étoiles commencèrent de s'éclairer. Je les apercevais comme en rêve, ayant un peu de fièvre, à cause de ma soif. Les mots du petit prince dansaient dans ma mémoire :

« Tu as donc soif, toi aussi ? » lui demandai-je.

Mais il ne répondit pas à ma question. Il me dit simplement :

« L'eau peut aussi être bonne pour le cœur... »

Je ne compris pas sa réponse mais je me tus... Je savais bien qu'il ne fallait pas l'interroger.

Il était fatigué. Il s'assit. Je m'assis auprès de lui. Et, après un silence, il dit encore :

« Les étoiles sont belles, à cause d'une fleur que l'on ne voit pas... »

Je répondis « bien sûr » et je regardai, sans parler, les plis du sable sous la lune.

« Le désert est beau », ajouta-t-il...

Et c'était vrai. J'ai toujours aimé le désert. On s'assoit sur une dune de sable. On ne voit rien. On n'entend rien. Et cependant quelque chose rayonne en silence...

« Ce qui embellit le désert, dit le petit prince, c'est qu'il cache un puits quelque part... »

Je fus surpris de comprendre soudain ce mystérieux rayonnement du sable. Lorsque j'étais petit garçon, j'habitais une maison ancienne, et la légende racontait qu'un trésor y était enfoui. Bien sûr, jamais personne n'a su le découvrir, ni peut-être même ne l'a cherché. Mais il enchantait toute cette maison. Ma maison cachait un secret au fond de son cœur...

« Oui, dis-je au petit prince, qu'il s'agisse de la maison, des étoiles ou du désert, ce qui fait leur beauté est invisible !

-Je suis content, dit-il, que tu sois d'accord avec mon renard. »

Comme le petit prince s'endormait, je le pris dans mes bras, et me remis en route. J'étais ému. Il me semblait porter un trésor fragile. Il me semblait même qu'il n'y eût rien de plus fragile sur la Terre. Je regardais, à la lumière de la lune, ce front pâle, ces yeux clos, ces mèches de cheveux qui tremblaient au vent, et je me disais : « Ce que je vois là n'est qu'une écorce. Le plus important est invisible... »

Comme ses lèvres entrouvertes ébauchaient un demi-sourire je me dis encore : « Ce qui m'émeut si fort de ce petit prince endormi, c'est sa fidélité pour une fleur, c'est l'image d'une rose qui rayonne en lui comme la flamme d'une lampe, même quand il dort... » Et je le devinai plus fragile encore. Il faut bien protéger les lampes : un coup de vent peut les éteindre...

Et, marchant ainsi, je découvris le puits au lever du jour.

Le Chapitre XXV

« Les hommes, dit le petit prince, ils s'enfournent dans les rapides, mais ils ne savent plus ce qu'ils cherchent. Alors ils s'agitent et tournent en rond... »

Et il ajouta :

« Ce n'est pas la peine... »

Le puits que nous avions atteint ne ressemblait pas aux puits sahariens. Les puits sahariens sont de simples trous creusés dans le sable. Celui-là ressemblait à un puits de village. Mais il n'y avait là aucun village, et je croyais rêver.

« C'est étrange, dis-je au petit prince, tout est prêt : la poulie, le seau et la corde... »

Il rit, toucha la corde, fit jouer la poulie. Et la poulie gémit comme gémit une vieille girouette quand le vent a longtemps dormi.

« Tu entends, dit le petit prince, nous réveillons ce puits et il chante... »

Je ne voulais pas qu'il fît un effort :

« Laisse-moi faire, lui dis-je, c'est trop lourd pour toi. »

Lentement je hissai le seau jusqu'à la margelle. Je l'y installai bien d'aplomb. Dans mes oreilles durait le chant de la poulie et, dans l'eau qui tremblait encore, je voyais trembler le soleil.

« J'ai soif de cette eau-là, dit le petit prince, donne-moi à boire... »

Et je compris ce qu'il avait cherché !

Je soulevai le seau jusqu'à ses lèvres. Il but, les yeux fermés. C'était doux comme une fête. Cette eau était bien autre chose qu'un aliment. Elle était née de la marche sous les étoiles, du chant de la poulie, de l'effort de mes bras. Elle était bonne pour le cœur, comme un cadeau. Lorsque j'étais petit garçon, la lumière de l'arbre de Noël, la musique de la messe de minuit, la douceur des sourires faisaient ainsi tout le rayonnement du cadeau de Noël que je recevais.

« Les hommes de chez toi, dit le petit prince, cultivent cinq mille roses dans un même jardin... et ils n'y trouvent pas ce qu'ils cherchent...

-Ils ne le trouvent pas, répondis-je...

-Et cependant ce qu'ils cherchent pourrait être trouvé dans une seule rose ou un peu d'eau...

-Bieu sûr », répondis-je.

Et le petit prince ajouta :

« Mais les yeux sont aveugles. Il faut chercher avec le cœur. »

J'avais bu. Je respirais bien. Le sable, au lever du jour, est couleur de miel. J'étais heureux aussi de cette couleur de miel. Pourquoi fallait-il que j'eusse de la peine...

« Il faut que tu tiennes ta promesse, me dit doucement le petit prince, qui, de nouveau, s'était assis auprès de moi.

-Quelle promesse ?

-Tu sais... une muselière pour mon mouton... je suis responsable de cette fleur ! »

Je sortis de ma poche mes ébauches de dessin. Le petit prince les aperçut et dit en riant :

« Tes baobabs, ils ressemblent un peu à des choux...

-Oh ! »

Moi qui étais si fier des baobabs !

« Ton renard... ses oreilles... elles ressemblent un peu à des cornes... et elles sont trop longues ! »

Et il rit encore.

« Tu es injuste, petit bonhomme, je ne savais rien dessiner que les boas fermés et les boas ouverts.

-Oh ! ça ira, dit-il, les enfants savent. »

Je crayonnai donc une muselière. Et j'eus le cœur serré en la lui donnant :

« Tu as des projets que j'ignore... »

Mais il ne me répondit pas. Il me dit :

« Tu sais, ma chute sur la Terre... c'en sera demain l'anniversaire... »

Puis après un silence il dit encore :

« J'étais tombé tout près d'ici... »

Et il rougit.

Et de nouveau, sans comprendre pourquoi, j'éprouvai un chagrin bizarre. Cependant une question me vint :

« Alors ce n'est pas par hasard que, le matin où je t'ai connu, il y a huit jours, tu te promenais comme ça, tout seul, à mille milles de toutes régions habitées ! Tu retournais vers le point de ta chute ? »

Le petit prince rougit encore :

Et j'ajoutai, en hésitant.

« À cause, peut-être, de l'anniversaire ?... »

Le petit prince rougit de nouveau. Il ne répondait jamais aux questions, mais, quand on rougit, ça signifie « oui », n'est-ce pas ?

«Ah ! lui dis-je, j'ai peur... »

Mais il me répondit :

« Tu dois mainteneat travailler. Tu dois repartir vers ta machine. Je t'attends ici. Reviens demain soir... »

Mais je n'étais pas rassuré. Je me souvenais du renard. On risque de pleurer un peu si l'on s'est laissé apprivoiser...

Le Chapitre XXVI

Il y avait, à côté du puits, une ruine de vieux mur de pierre. Lorsque je revins de mon travail, le lendemain soir, j'aperçus de loin mon petit prince assis là-haut, les jambes pendantes. Et je l'entendis qui parlait :

« Tu ne t'en souviens donc pas ? disait-il. Ce n'est pas tout à fait ici ! »

Une autre voix lui répondit sans doute, puisqu'il répliqua :

« Si ! Si ! c'est bien le jour, mais ce n'est pas ici l'endroit... »

Je poursuivis ma marche vers le mur. Je ne voyais ni n'entendais toujours personne. Pourtant le petit prince répliqua de nouveau :

« ... Bien sûr. Tu verras où commence ma trace dans le sable. Tu n'as qu'à m'y attendre. J'y serai cette nuit. »

J'étais à vingt mètres du mur et je ne voyais toujours rien.

Le petit prince dit encore, après un silence :

« Tu as du bon venin ? Tu es sûr de ne pas me faire souffrir longtemps ? »

Je fis halte, le cœur serré, mais je ne comprenais toujours pas.

« Maintenant va-t'en, dit-il... je veux redescendre ! »

Alors j'abaissai moi-même les yeux vers le pied du mur, et je fis un bond ! Il était là, dressé vers le petit prince, un de ces serpents jaunes qui vous exécutent en trente secondes. Tout en fouillant ma poche pour en tirer mon revolver, je pris le pas de course, mais, au bruit que je fis, le serpent se laissa doucement couler dans le sable, comme un jet d'eau qui meurt, et, sans trop se presser, se faufila entre les pierres avec un léger bruit de métal.

Je parvins au mur juste à temps pour y recevoir dans les bras mon petit bonhomme de prince, pâle comme la neige.

«Quelle est cette histoire-là ! Tu parles maintenant avec les serpents !»

J'avais défait son éternel cache-nez d'or. Je lui avais mouillé les tempes et l'avais fait boire. Et maintenant je n'osais plus rien lui demander. Il me regarda gravement et m'entoura le cou de ses bras. Je sentais battre son cœur comme celui d'un oiseau qui meurt, quand on l'a tiré à la carabine. Il me dit :

«Je suis content que tu aies trouvé ce qui manquait à ta machine. Tu vas pouvoir rentrer chez toi...

-Comment sais-tu !»

Je venais justement lui annoncer que, contre toute espérance, j'avais réussi mon travail !

Il ne répondit rien à ma question, mais il ajouta :

«Moi aussi, aujourd'hui, je rentre chez moi...»

Puis, mélancolique :

«C'est bien plus loin... c'est bien plus difficile...»

Je sentais bien qu'il se passait quelque chose d'extraordinaire. Je le serrais dans les bras comme un petit enfant, et cependant il me semblait qu'il coulait verticalement dans un abîme sans que je puisse rien pour le retenir...

Il avait le regard sérieux, perdu très loin :

« J'ai ton mouton. Et j'ai la caisse pour le mouton. Et j'ai la muselière... »

Et il sourit avec mélancolie.

J'attendis longtemps. Je sentais qu'il se réchauffait peu à peu :

« Petit bonhomme, tu as eu peur... »

Il avait eu peur, bien sûr ! Mais il rit doucement :

« J'aurai bien plus peur ce soir... »

De nouveau je me sentis glacé par le sentiment de l'irréparable. Et je compris que je ne supportais pas l'idée de ne plus jamais entendre ce rire. C'était pour moi comme une fontaine dans le désert.

« Petit bonhomme, je veux encore t'entendre rire... »

Mais il me dit :

« Cette nuit, ça fera un an. Mon étoile se trouvera juste au-dessus de l'endroit où je suis tombé l'année dernière...

-Petit bonhomme, n'est-ce pas que c'est un mauvais rêve cette histoire de serpent et de rendez-vous et d'étoile... »

Mais il ne répondit pas à ma question. Il me dit :

« Ce qui est important, ça ne se voit pas...

-Bien sûr...

-C'est comme pour la fleur. Si tu aimes une fleur qui se trouve dans une étoile, c'est doux, la nuit, de regarder le ciel. Toutes les étoiles sont fleuries.

-Bien sûr...

-C'est comme pour l'eau. Celle que tu m'as donnée à boire était comme une misuque, à cause de la poulie et de la corde... tu te rappelles... elle était bonne.

-Bien sûr...

-Tu regarderas, la nuit, les étoiles. C'est trop petit chez moi pour que je te montre où se trouve la mienne. C'est mieux comme ça. Mon étoile, ça sera pour toi une des étoiles. Alors, toutes les étoiles, tu aimeras les regarder... Elles seront toutes tes amies. Et puis je vais te faire un cadeau...»

Il rit encore.

«Ah ! petit bonhomme, petit bonhomme j'aime entendre ce rire!

-Justement ce sera mon cadeau... ce sera comme pour l'eau...

-Que veux-tu dire ?

-Les gens ont des étoiles qui ne sont pas les mêmes. Pour les uns, qui voyagent, les étoiles sont des guides. Pour d'autres elles ne sont rien que de petites lumières. Pour d'autres qui sont savants, elles sont des problèmes. Pour mon businessman elles étaient de l'or. Mais toutes ces étoiles-là se taisent. Toi, tu auras des étoiles comme personne n'en a...

-Que veux-tu dire ?

-Quand tu regarderas le ciel, la nuit, puisque j'habiterai dans l'une d'elles, puisque je rirai dans l'une d'elles, alors ce sera pour toi comme si riaient toutes les étoiles. Tu auras, toi, des étoiles qui savent rire ! »

Et il rit encore.

« Et quand tu seras consolé (on se console toujours) tu seras content de m'avoir connu. Tu seras toujours mon ami. Tu auras envie de rire avec moi. Et tu ouvriras parfois ta fenêtre, comme ça, pour le plaisir... Et tes amis seront bien étonnés de te voir rire en regardant le ciel. Alors tu leur diras : "Oui, les étoiles, ça me fait toujours rire ! " Et ils te croiront fou. Je t'aurai joué un bien vilain tour... »

Et il rit encore.

« Ce sera comme si je t'avais donné, au lieu d'étoiles, des tas de petits grelots qui savent rire... »

Et il rit encore. Puis il redevint sérieux :

« Cette nuit... tu sais... ne viens pas.

-Je ne te quitterai pas.

-J'aurai l'air d'avoir mal... j'aurai un peu l'air de mourir. C'est comme ça. Ne viens pas voir ça, ce n'est pas la peine...

-Je ne te quitterai pas. »

Mais il était soucieux.

« Je te dis ça... c'est à cause aussi du serpent. Il ne faut pas qu'il te morde... Les serpents, c'est méchant. Ça peut mordre pour le plaisir...

-Je ne te quitterai pas. »

Mais quelque chose le rassura :

« C'est vrai qu'ils n'ont plus de venin pour la seconde morsure... »

Cette nuit-là je ne le vis pas se mettre en route. Il s'était évadé sans bruit. Quand je réussis à le rejoindre il marchait décidé, d'un pas rapide. Il me dit seulement :

« Ah ! tu es là... »

Et il me prit par la main. Mais il se tourmenta encore :

«Tu as eu tort. Tu auras de la peine. J'aurai l'air d'être mort et ce ne sera pas vrai... »

Moi je me taisais.

«Tu comprends. C'est trop loin. Je ne peux pas emporter ce corps-là. C'est trop lourd. »

Moi je me taisais.

«Mais ce sera comme une vieille écorce abandonnée. Ce n'est pas triste les vieilles écorces... »

Moi je me taisais.

Il se découragea un peu. Mais il fit encore un effort :

«Ce sera gentil, tu sais. Moi aussi je regarderai les étoiles. Toutes les étoiles seront des puits avec une poulie rouillée. Toutes les étoiles me verseront à boire... »

Moi je me taisais.

«Ce sera tellement amusant ! Tu auras cinq cents millions de grelots, j'aurai cinq cents millions de fontaines... »

Et il se tut aussi, parce qu'il pleurait...

«C'est là. Laisse-moi faire un pas tout seul. »

Et il s'assit parce qu'il avait peur.

Il dit encore :

«Tu sais... ma fleur... j'en suis responsable ! Et elle est tellement faible ! Et elle est tellement naïve. Elle a quatre épines de rien du tout pour la protéger contre le monde... »

Moi je m'assis parce que je ne pouvais plus me tenir debout. Il dit :

«Voilà... C'est tout... »

Il hésita encore un peu, puis il se releva. Il fit un pas. Moi je ne pouvais pas bouger.

Il n'y eut rien qu'un éclair jaune près de sa cheville. Il demeura un instant immobile. Il ne cria pas. Il tomba doucement comme tombe un arbre. Ça ne fit même pas de bruit, à cause du sable.

Le Chapitre XXVII

Et maintenant, bien sûr, ça fait six ans déjà... Je n'ai jamais encore raconté cette histoire. Les camarades qui m'ont revu ont été bien contents de me revoir vivant. J'étais triste mais je leur disais : « C'est la fatigue... »

Maintenant je me suis un peu consolé. C'est-à-dire... pas tout à fait. Mais je sais bien qu'il est revenu à sa planète, car, au lever du jour, je n'ai pas retrouvé son corps. Ce n'était pas un corps tellement lourd... Et j'aime la nuit écouter les étoiles. C'est comme cinq cent millions de grelots...

Mais voilà qu'il passe quelque chose d'extraordinaire. La muselière que j'ai dessinée pour le petit prince, j'ai oublié d'y ajouter la courroie de cuir ! Il n'aura jamais pu l'attacher au mouton. Alors je me demande : « Que s'est-il passé sur sa planète ? Peut-être bien que le mouton a mangé la fleur... »

Tantôt je me dis : « Sûrement non ! Le petit prince enferme sa fleur toutes les nuits sous son globe de verre, et il surveille bien son mouton... » Alors je suis heureux. Et toutes les étoiles rient doucement.

Tantôt je me dis : « On est distrait une fois ou l'autre, et ça suffit ! Il a oublié, un soir, le globe de verre, ou bien le mouton est sorti sans bruit pendant la nuit... » Alors les grelots se changent tous en larmes !...

C'est là un bien grand mystère. Pour vous qui aimez aussi le petit prince, comme pour moi, rien de l'univers n'est semblable si quelque part, on ne sait où, un mouton que nous ne connaissons pas a, oui ou non, mangé une rose...

Regardez le ciel. Demandez-vous : « Le mouton oui ou non a-t-il mangé la fleur ? » Et vous verrez comme tout change...

Et aucune grande personne ne comprendra jamais que ça a tellement d'importance !

Ça c'est pour moi, le plus beau et le plus triste paysage du monde. C'est le même paysage que celui de la page précédente, mais je l'ai dessiné une fois encore pour bien vous le montrer. C'est ici que le petit prince a apparu sur terre, puis disparu.

Regardez attentivement ce paysage afin d'être sûr de le reconnaître, si vous voyagez un jour en Afrique, dans le désert. Et, s'il vous arrive de passer par là, je vous en supplie, ne vous pressez pas, attendez un peu juste sous l'étoile ! Si alors un enfant vient à vous, s'il rit, s'il a des cheveux d'or, s'il ne répond pas quand on l'interroge, vous devinerez bien qui il est. Alors soyez gentils ! Ne me laissez pas tellement triste : écrivez-moi vite qu'il est revenu...

高寶書版集團
gobooks.com.tw

小王子
Le Petit Prince

作　　者　安東尼·聖修伯里（Antoine de Saint-Exupéry）
譯　　者　張譯
編　　輯　林俶萍
校　　訂　政大歐語學程　阮若缺教授
排　　版　趙小芳
封面設計　許晉維

發 行 人　朱凱蕾
出　　版　英屬維京群島商高寶國際有限公司台灣分公司
　　　　　Global Group Holdings, Ltd.
地　　址　台北市內湖區洲子街88號3樓
網　　址　gobooks.com.tw
電　　話　(02) 27992788
電　　郵　readers@g obooks.com.tw（讀者服務部）
傳　　真　出版部 (02) 27990909　行銷部 (02) 27993088
郵政劃撥　19394552
戶　　名　英屬維京群島商高寶國際有限公司台灣分公司
發　　行　英屬維京群島商高寶國際有限公司台灣分公司
初　　版　2012年9月
二版一刷　2015年10月
三版一刷　2023年1月

國家圖書館出版品預行編目(CIP)資料

小王子/安東尼.聖修伯里(Antoine de Saint-Exupéry)原
著；張譯譯. -- 三版. -- 臺北市：英屬維京群島商高寶國
際有限公司臺灣分公司, 2023.01
　面；　公分. --
譯自：Le Petit Prince
ISBN 978-986-506-489-1(平裝)

876.57　　　　　　　　　　　　1110116492